中國語言文字研究輯刊

十　編

許　錟　輝　主編

第 **10** 冊

李漁韻學研究（上）

辜　贈　燕　著

花木蘭文化出版社

國家圖書館出版品預行編目資料

李漁韻學研究（上）／辜贈燕 著 — 初版 — 新北市：花木蘭
文化出版社，2016〔民 105〕
目 2+152 面；21×29.7 公分
（中國語言文字研究輯刊 十編；第 10 冊）
ISBN 978-986-404-541-9（精裝）
1. 漢語 2. 聲韻學

802.08   105002068

ISBN-978-986-404-541-9

中國語言文字研究輯刊
十 編　　第 十 冊　　　　　ISBN：978-986-404-541-9

李漁韻學研究（上）

作　　者　辜贈燕
主　　編　許錟輝
總 編 輯　杜潔祥
副總編輯　楊嘉樂
編　　輯　許郁翎
出　　版　花木蘭文化出版社
社　　長　高小娟
聯絡地址　235　新北市中和區中安街七二號十三樓
　　　　　電話：02-2923-1455／傳眞：02-2923-1452
網　　址　http://www.huamulan.tw 信箱 hml810518@gmail.com
印　　刷　普羅文化出版廣告事業
初　　版　2016 年 3 月
全書字數　208785 字
定　　價　十編 12 冊（精裝）　台幣 30,000 元

李漁韻學研究（上）

辜贈燕 著

作者簡介

辜贈燕，臺南人，國立成功大學中文研究所碩士，現職高中國文教師。2005 年〈〈唐高都護渤海郡王詩傳〉初探〉一文刊載於《東亞文化研究》第七輯，2006 年獲邀參加中國音韻學研究會第十四屆學術研討會，發表〈《笠翁詞韻》蠡探〉一文。曾獲斐陶斐榮譽會員獎章。

提　要

　　本論文以李漁三部韻書《笠翁詩韻》、《笠翁詞韻》及《笠翁對韻》為主，以其千餘首詩詞作品為輔，將明末清初的如皋方言作一時間及地域方言的探討，彌足明代語音研究較少的缺憾，補足漢語語音史上的空白。

　　經此研究，發覺李漁著重時音的描繪。聲母方面，如皋方言確未如吳語區般保留全濁音，在某種程度上已產生濁音清化的現象。此外，精莊合流可視為古音的遺存。韻母方面，止攝與遇攝、流攝與遇攝都有互入現象。聲調方面，濁上歸去與入派三聲為其最大特色。

　　李漁雖言明詩、詞、曲用韻應嚴分，然由其製韻內容顯見《中原音韻》影響頗大，且《中原音韻》對時音的堅持，亦對李漁持守時音作韻的立場貢獻一番心力。

目

次

第一章　緒　論

第一節　研究動機

　　在聲韻學研究上，無論是針對韻書所做的探討，亦或對語料做下的工夫，於今皆有一定成就。然而，就時間而言，這些成就仍有斷代上的缺憾，竺家寧先生〈論近代音研究的方法、現況與展望〉即云：「關於明代語音的研究，比起其他各期要遜色得多，所發表的論文不過 20 篇左右，尚不及元代。」明初與明末皆經歷一個動亂的年代，地域性的語音現象當與前朝後代都不盡相同，當是能夠深入研究的區塊，然而，竺先生又云：「事實上，明代的語料並不缺少，多半還沒有做過深入的研究。這方面還有待學者的努力。」〔註1〕顯然對明代的聲韻研究，不若蒙古人的漢化音系來得有吸引力。

　　明代作品未被提及者甚多，李漁（1611～1680）傳世之三部韻書《笠翁詩韻》、《笠翁詞韻》及《笠翁對韻》即其中三本，鮮為人知，更不用說藉以進行語音相關現象的研究。實際上，李書中呈現大量的時音現象，本文即欲針對三部韻書加以討論，以求在已知的聲韻範疇中，重現明代時音。

　　就地域而言，李漁所處之江蘇如皋，即今稱之為「通泰」一地，該地正夾

〔註 1〕竺家寧：〈論近代音研究的方法、現況與展望〉，《漢學研究》第十八卷特刊（台北：漢學研究中心，2000）頁 182。

於吳方言及江淮官話之間。通泰方言常被認爲是吳方言或江淮官話，實際上與南北二者皆有差異。由於歷史上的變遷，通泰區內受政治設轄影響甚大，如五代南唐初置泰州，興化、如皋、泰興等均爲轄縣；如東原爲如皋東鄉；南通在清雍正時期領泰興、如皋……等例，不勝枚舉，可見通泰區內各縣市歷史上行政隸屬關係緊密〔註2〕，連帶影響方言分布，自成一區。

通泰方言區塊小，又常被以爲是吳方言或江淮官話，研究上多被忽略。時人見其重要性，研究逐多，如魯師國堯及顧黔、鮑明煒及王均諸先生，皆有專文或專書進行討論。本文即欲針對如皋不同於吳方言及江淮官話之語音系統進行研究，以求在尙未明朗的通泰方言區塊中，爲漢語語音史之補苴，整理出當時之方言音系。

作爲一位戲曲小說大家，李漁爲人所熟知者亦非戲曲小說莫屬。相對地，傳世之三部韻書《笠翁詩韻》、《笠翁詞韻》及《笠翁對韻》則少人提及，詞論〈窺詞管見〉亦然，對李漁的相關研究來說，無疑形成了一個斷層。本文即欲就此三部韻書加以歸納分析，希冀救平李漁相關研究上的空白。

第二節　研究材料與方法

一、研究材料

本文係採 1992 年由浙江古籍出版社所出版《李漁全集》中，第十八卷收錄之《笠翁詩韻》、《笠翁詞韻》及《笠翁對韻》爲文本。該版本爲精裝本，部分爲手抄內容，如《笠翁詩韻》及《笠翁詞韻》；部分爲印刷內容，如《笠翁對韻》。在江蘇古籍出版社以前，亦有一套《李漁全集》，由漢學家馬漢茂於 1970 年旅臺時影印日本京都大學附屬圖書館所藏清世宗雍正八年（西元 1730 年）南京芥子園的笠翁《一家言全集》原本。然而，世易時移，經過 22 年的歲月，浙江古籍出版社所出版者雖未達原本影印的要求，然就內容上卻增添許多，李漁傳世之三部韻書，即是馬漢茂版本所未備之處。

除此之外，本文兼採旁證之工，藉《李漁全集》第二卷《笠翁一家言詩詞集》所收錄之千餘首詩詞進行詩韻及詞韻上的分析，爾後與韻書所呈現之狀況

〔註2〕顧黔：《通泰方言音韻研究》（南京：南京大學出版社，2001）頁1～2。

比對，以求達到理論與實務兼顧之效。

　　既及詞韻，則須備具李漁亦少人提及之詞論〈窺詞管見〉，該文收錄於《李漁全集》第二卷末，可藉以了解李漁爲詞之法。該文提出系統化的詞學理論，總二十二則細目，如下圖示：

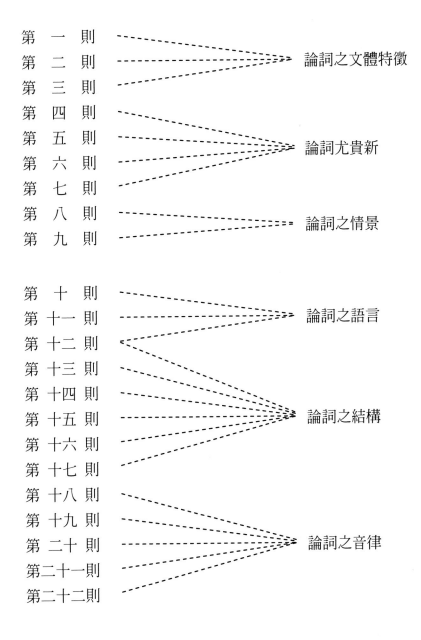

第 一 則	
第 二 則	→ 論詞之文體特徵
第 三 則	
第 四 則	
第 五 則	→ 論詞尤貴新
第 六 則	
第 七 則	
第 八 則	→ 論詞之情景
第 九 則	

第 十 則	
第 十一 則	→ 論詞之語言
第 十二 則	
第 十三 則	
第 十四 則	
第 十五 則	→ 論詞之結構
第 十六 則	
第 十七 則	
第 十八 則	
第 十九 則	
第 二十 則	→ 論詞之音律
第二十一則	
第二十二則	

其中與音韻相關者爲十八至二十二則。無論韻腳、句式、用詞，李漁皆有獨到見地，充分顯現出具備相當的音韻學養，莫怪乎得以編撰出數本韻書。

二、研究方法

　　前文已明，馬漢茂版本之《李漁全集》乃影印原本而來，然韻書部份缺遺，幸得於浙江古籍版本中見及。這是一個契機，也是一個危機。云契機，在於尚有文本可供進行研究；云危機，在於該文本無法有其他可供驗證之參考資料。由於《笠翁詩韻》與《笠翁詞韻》為手抄內容，必有缺訛；《笠翁對韻》及詩作、詞作雖為印刷內容，亦無法斷言全然無誤。對於後者，可參馬漢茂版本之《李漁全集》卷五至卷八，兩相對照；對於前者，亦為研究中最重要的部分，卻無法有可資佐證、更改之據。然而，同為韻字間之收錄，倘對韻字有所疑慮，《笠翁詩韻》與《笠翁詞韻》可相參考，求其最有可能、最為可信之結果。

　　首章〈緒論〉，就文本材料、研究方法、研究動機及李漁其人作一全面敘述。然研究李漁之專文、專書甚夥，年譜亦全，故本文對於李漁之敘述採「述略」方式，求達簡潔明快之效。

　　二章〈《笠翁詩韻》及其詩作詩韻分析〉，就《笠翁詩韻》、《笠翁對韻》及李漁詩作為文本詳細說明。《笠翁詩韻》從平水韻而來，總百有六韻，依合韻現象區分為十六類，韻字與註音字間，如有異部相註之情況，則表列說明。《笠翁對韻》採平聲三十韻為詩，唯其屬蒙學之書，語音研究價值稍低，然因亦為詩韻之一，故置於章末，以附論形式討論之。

　　三章〈註音字相關語音現象分析〉，就註音字之內容進行研究，獨立說明。《笠翁詩韻》主要在直音的呈現，非直音式的標音方式另外表列，於文前提出。為明語音系統，則系聯註音字與韻字，製為〈註音字表〉。說明註音字經系聯後所展露之現象，並製表整理呈顯。

　　四章〈《笠翁詞韻》及其詞作詞韻分析〉，就《笠翁詞韻》、〈窺詞管見〉及李漁詞作為文本詳加說明。《笠翁詞韻》總二十七部，每部之下有韻字及小韻字，具備韻書概念。其中，依合韻現象區分為十三類，逐類分析二十七部之韻母現象。又，根據《笠翁詞韻》分部二十七部看來，有摻雜曲韻痕跡，故亦加探討分部來源，並以同期詞家沈謙《詞韻略》及李漁推崇備至之曲家周德清《中原音韻》為比較對象，從韻部體製、韻字收錄、韻字排序及例外收字上進行分析。

　　詩詞作品為文人情懷之抒發，若非刻意為試，則多以時音創作。本文將先摘採詩詞作品中的韻字，製表條列，於個別分析《笠翁詩韻》及《笠翁詞韻》

後，佐以這些韻字，將詩詞作品之押韻現象列入考慮，遇有相異處再提出討論。期於二者相互推敲及印證之下，益得李漁眞意，窺時音眞諦。

五章〈李漁分韻現象探討〉，就前文對《笠翁詩韻》、《笠翁對韻》及《笠翁詞韻》所研析者，加以整合，統理出共同音韻現象，並就地域探討方言對李漁著書的影響，就時空探討《中原音韻》對李漁呈現時音的作用。最後，爲聲韻構擬可能音值，明其語音系統。

末章〈結論〉，歸納前文所云，爲本文做一個總結，亦爲李漁在中國聲韻研究上立下一個地位。

第三節　李漁生平述略

中國文壇上，李漁是位眾所周知的戲曲大家，更是中國第一位導演。世人對他的評價，從過去的屢屢不滿，到現今的逐條平反，漸次呈現他在作品裡所展演的不僅是一種觀念，而是多層思想，讓世人能夠藉著條分縷析他的作品而得到新的體悟。

李漁（1611～1680），初名仙侶，字笠鴻、謫凡，號天徒、湖上笠翁、隨庵主人、笠道人、覺道人、覺世稗官等。世人較爲熟知者爲李漁或李笠翁。原籍浙江蘭溪，生於江蘇如皋，自謂「漁雖浙籍，生斯長斯。」〔註3〕案「斯」即爲當時稱爲「稚皋」的如皋一地。至二十五歲始回蘭溪。晚年自南京移家杭州西湖，自號湖上笠翁。由此脈絡看來，在語言形成的重要階段，李漁卜居如皋，受如皋當地方言及周邊方言影響當較爲深遠，足以奠定他未來的語音基礎。是以，雖設籍浙江蘭溪，然籍貫方言對他的影響或無「生斯長斯」之地來得根深柢固。

李漁交遊廣泛，由詩文中依循線索得出的友人名姓，已達八百餘人，其中籍貫可考者有七百左右，遍及十七省、二百餘州縣。如此龐大的交遊圈，其中包括頗負盛名的「西泠十子」，沈謙當在其列。李漁製作《笠翁詞韻》的時間點與沈謙《詞韻略》相當，即可置此備考，以求源流。

李漁戲曲成就較爲人所注意，此外尚著有雜作、傳奇、小說等。李漁將自己的文集命名爲「一家言」，云：「《一家言》爲何？余生平所爲詩文及雜著

〔註3〕李漁：〈與李雨商荊州太守〉，《李漁全集》第一卷（杭州：浙江古籍出版社，1992）頁207。

也。」友人丁澎爲其《笠翁詩集》行序文時，云：「一家言者，李子笠翁之所
著書也。」〔註4〕相對於這些遠近馳名的「一家言」，傳世之三部韻書《笠翁
詩韻》、《笠翁詞韻》及《笠翁對韻》則少人提及，詞論《窺詞管見》亦然。

雖鮮爲人知，然詩歌無疑是李漁文學創作的一個重要層面，亦是走上文學
創作的起點，如李漁自稱：「予初辨四聲時，髮尚未燥。」〔註5〕然而，若非「災
於兵火，百無一存。」〔註6〕家逢祝融，使早年作品如《齠齡集》亡佚，其現今
所能存世之作品，當益於千首，能提供更多研究與創發。

李漁詞集名《耐歌詞》，其因在於：「因填詞一道，童而習之，不求悅目，
止期糊口，以『耐歌』二字目之可乎？所耐違歌，余皆不耐可知矣。昔郭功父
自誦其詩，聲震左右，既罷，問東坡曰：『有幾分來地？』東坡曰：『七分來是
讀，三分來是詩。』予詞之耐歌，猶功父之詩之便讀。」〔註7〕由此可見，李漁
將詞集題名爲「耐歌詞」之用意，主要著眼於詞之可讀、可歌的藝術特徵，亦
爲詞之音樂性的展現，更是李漁詞韻觀之一。

李漁中年遭遇改朝換代的政治動亂，懷抱一顆熾烈愛國忠心的他逐漸鬱鬱
寡歡，情緒常外顯於詩作、詞作中。五十歲後始得子，一連七子，生活頓陷困
境，終於清康熙十九年（1680）以古稀之年病卒。依其願，葬於杭州方家峪九
曜山，時錢塘縣令梁允植爲其題「湖上笠翁之墓」碑。一生中雖無法投筆從戎，
然可謂死得其所。

〔註4〕丁澎：〈笠翁詩集・序〉，《李漁全集》第二卷（杭州：浙江古籍出版社，1992）頁
　　　3。

〔註5〕李漁：〈笠翁詩韻・詩韻序〉，《李漁全集》第十八卷（杭州：浙江古籍出版社，1992）
　　　頁207。

〔註6〕李漁：〈序刻梧桐詩・序〉，《李漁全集》第二卷（杭州：浙江古籍出版社，1992）
　　　頁5。

〔註7〕李漁：〈耐歌詞・序〉，《李漁全集》第二卷（杭州：浙江古籍出版社，1992）頁378。

第二章 《笠翁詩韻》分韻及其詩作詩韻分析

第一節 李漁詩韻觀

一、押韻態度嚴謹，詩詞曲韻分明

　　李漁詩詞曲之分派極爲嚴明，於〈笠翁詩韻‧詞韻例言〉云：「詩韻嚴，曲韻寬，詞韻介乎寬嚴之間，此一定之理也。」對於沒有詞韻專書而兼用詩韻的現象，李漁頗多批評，云：「竊怪宋人作詞，竟有全用『十灰』一韻，以梅、回、陪、催等字，與開、來、栽、才等字同押者，此失於過嚴而不可取法者也。」由此可見，李漁不僅嚴分詩、詞、曲專用韻部，辨其寬嚴，且希望落實於創作中。「十灰」爲詩韻韻部之分類及稱呼，將詞作押韻限定在該韻之內，確嫌嚴苛。對於詩體押韻，王力先生亦認爲：「近體詩用韻甚嚴，無論絕句、律詩、排律，必須一韻到底，而且不許通韻。」〔註1〕如此嚴謹的分韻，當不可使用於押韻狀況較寬鬆的詞作中。

二、詩韻編製與《平水韻》大同小異

　　李漁於〈笠翁詩韻‧詩韻序〉云：「非取古人已定之四聲，稍稍更易而攘

〔註1〕王力：《漢語詩律學》（上海：上海教育出版社，2002）頁46。

爲己有。」開篇說明編製《笠翁詩韻》一書的方法，雖未言明內容如何更易，然可想見與古製詩韻應有不同。由體製而言，傳統平水韻分上、下平聲、上聲、去聲及入聲五卷，共百有六韻或百有七韻，端視有否將上聲拯、等二韻並入迴韻有別。《笠翁詩韻》亦分上、下平聲、上聲、去聲及入聲五卷，共百有六韻，體製上與傳統平水韻並無二致。由韻目而言，上聲二十九「豏」爲傳統平水韻韻目，《笠翁詩韻》改其爲「湛」，且該韻內未列「豏」字；去聲五「未」爲傳統平水韻韻目，《笠翁詩韻》更其爲「味」，「未」字則列該韻韻字中。除以上二例外，餘皆與傳統平水韻韻目相合。由內容而言，詩韻系韻書取消圈隔的作法，導致音系混亂，《笠翁詩韻》亦然，但較傳統平水韻韻書不同者，在於其以直音字，或以四聲相承法，或以不同部之同音字標誌讀音，均較以往以反切標音大異其趣。

三、反對以古音叶今韻

李漁有感世易時移，語音已多變化，於〈笠翁詩韻‧詩韻序〉云：「予初辨四聲時，髮尚未燥，取古今不易，天下共由之之詩韻，逐字相衡，而辨其同異，覺有未盡翕然於口者。」在存疑的狀況下，「取毛詩、屈騷以及秦漢以前諧聲協律諸文詞，句櫛字比而驗之」，爬梳其中字句後，得到「普天之下之人之口，皆讀字從今不從古之謬也」一結論。李漁以爲用古韻讀古詩，遇有不叶韻處，則根據押韻來叶音，是因爲無法再請教作古之人的不得已作法，實不可取，云：「使古人至今安在，則其爲聲也，亦必同於今人之口。」因此贊成如〈關雎〉一詩的押韻方法，自始至終皆爲同部之韻，而非如〈綠衣〉押「風」、「心」二字，〈鶉奔〉押「彊」、「兄」二字，前者必將叶「風」爲「乎金反」之音以就「心」，後者必將叶「兄」爲「虛王反」之音以就「彊」。此乃今音與古音相異，造成閱讀上的隔閡，關於這一點，較李漁時代稍早的陳第（1541～1617）即提出說明，其作〈毛詩古音考‧自序〉云：「蓋時有古今，地有南北，字有更革，音有轉移，亦勢所必至。故以今之音讀古之作，不免乖刺而不入。」宋代以前，對於古作遇有不叶之處，必採更動字音以達叶音或叶句的效果，然而自陳第首創古有本音之道後，李漁繼而從之，對更動今音以叶古之作法感到莫名，云：「我既生於今時而爲今人，何不學爲〈關雎〉悅耳之詩，而必欲強效〈綠衣〉、〈鶉奔〉之爲韻，以聱天下之牙而並逆其耳

乎！」認為以今時今音有別於古時古音，不可同日而語，畢竟古人若至今安在，生於今時，亦必同於今人之口，何以強求古音之同？李漁並非反對古音，而是反對時人強求以古音叶今字的用韻態度，強調當以時音為主，始合潮流，否則便喪失用韻的原意。

四、限韻限字，遊戲為詩

在遭逢祝融後，李漁詩作僅餘一〇八六首，古風、絕句及律詩兼具，堪稱是位產量極高的作家。在這千餘首詩作中，各種內容皆備，如節令詩、感懷詩、題畫詩……等；若以詩題及創作取向而言，李詩則比他人有較多限韻或限字詩，包含和詩在內。如古風中可見限用「蟹頭魚尾」之詩，律詩中可見限用「巖字」之詩，絕句中更可見將平水韻平聲三十韻各賦一詩。除此之外，李漁屢屢唱和友人，不以限韻為困，反而常有援筆立成之作。更甚者，李漁尚自創詩格，名曰「回紋詩」，乃以前首詩作所押「遊留䳌鷗樓」五韻字，重新倒押成以「樓鷗䳌留遊」五字為順序作韻腳之詩。李漁不僅對於詩體押韻有極高的興趣，並顯然樂在其中。更可由此得見，李漁在使用這些韻字時，如探囊取物般，唾手可得，在為詩之外，尚有餘力著作韻書。

第二節　《笠翁詩韻》分部凡例及相關語音現象

一、分部凡例說明

據李漁於〈笠翁詩韻‧詩韻序〉文中表示，對於《笠翁詩韻》一書，最早僅一人自用，括之囊中可矣，不需災梨禍棗，馳逐天下。然而，因後輩不肖，為坊人所誘，取而畀之，始製版問世。李漁既不求肖於人，亦不求他人肖於自己，可知他對其中分韻，略有感將不受普世認同。在成書理念中，其云：「執此為見，《笠翁詩韻》一書，遂胎其核焉。」案「此」即前文所明「以今音為重」之想法，並經此想法構築出《笠翁詩韻》一書的雛形，該書中時音的重要性不言而喻。

李漁雖將成書背景做了悉全的解釋，卻未在書中言及著書凡例，因此筆者將自書中所見，逐一說明。凡例如下：

（一）分五卷，分別為上平聲、下平聲、上聲、去聲及入聲五部分。其中

上平聲與下平聲係由於字數眾多而分卷，同《廣韻》處理。

（二）〈卷一〉上平聲十五部，始東終刪；〈卷二〉下平聲十五部，始先終咸；〈卷三〉上聲二十九部，始董終湛；〈卷四〉去聲三十部，始送終陷；〈卷五〉入聲十七部，始屋終洽。

（三）書畫二格，別出天欄。

（四）因版本殘破，故上平聲十五刪「下缺」、下平聲二蕭「下缺」、三肴「本部殘缺」、入聲十藥「此下缺」、十一陌「此下缺」之語皆出自校訂者蘇郡陳九松立遠，明其韻字蒐羅不全，四者語異意同。

（五）韻字以正體呈現，字音、字義、例詞及詞義則以註腳表達，成為「韻字註音字。字義。例詞。詞義。」的出現順序，其出現比例多寡則依序為註音字、字義、例詞、詞義。

凡此，皆為李漁著書凡例。以下，茲編號呈現《笠翁詩韻》分部：

〈卷一・上平聲〉

一東	六魚	十一眞
二冬	七虞	十二文
三江	八齊	十三元
四支	九佳	十四寒
五微	十灰	十五刪

〈卷二・下平聲〉

一先	六麻	十一尤
二蕭	七陽	十二侵
三肴	八庚	十三覃
四豪	九青	十四鹽
五歌	十蒸	十五咸

〈卷三・上聲〉

一董	十一軫	二十一馬
二腫	十二吻	二十二養
三講	十三阮	二十三梗
四紙	十四旱	二十四迴
五尾	十五潸	二十五有

六語	十六銑	二十六寢
七麌	十七篠	二十七感
八薺	十八巧	二十八琰
九蟹	十九皓	二十九湛
十賄	二十哿	

〈卷四・去聲〉

一送	十一隊	二十一箇
二宋	十二震	二十二禡
三絳	十三問	二十三漾
四寘	十四願	二十四敬
五味	十五翰	二十五徑
六御	十六諫	二十六宥
七遇	十七霰	二十七沁
八霽	十八嘯	二十八勘
九泰	十九效	二十九豔
十卦	二十號	三十陷

〈卷五・入聲〉

一屋	七曷	十三職
二沃	八黠	十四緝
三覺	九屑	十五合
四質	十藥	十六葉
五物	十一陌	十七洽
六月	十二錫	

　　由以上整理可知，李漁基本上延續平水韻作法，將上聲「拯」、「等」入「迥」韻，去聲「證」、「嶝」入「徑」韻，分百有六韻；其卷次及韻目順序亦依《切韻》系韻書一脈而來，少有變動。以下，茲就其分韻及相關語音現象進行論述。

二、相關語音現象

　　李漁將平、上、去、入總分五卷，以調統韻，得一○六韻。本節將討論《笠

翁詩韻》所收韻字及註音字內容，並根據《笠翁詩韻》排序及編目，為韻部之分合略行比較。為求簡明，暨《廣韻》四聲相承作用，行文論述時僅以平聲韻目為之，除去聲祭、泰、夬、廢及入聲外，不再另書上去二聲之韻目。文中輔以李漁詩作以為證明，採「合韻譜」形式，分近體與古風，近體詩中首字 方框者 表示該首詩作首字入韻；又由於已在韻字旁加註說明韻部所在，因此不再特書入群、出群〔註 2〕之情況。《廣韻》韻目之擬音本諸陳新雄先生《音略證補》暨《古音研究》考定。

（一）東、冬二類

　　上平一東／一董／一送：《廣韻》韻目東〔-oŋ〕、〔-ioŋ〕

　　上平二冬／二腫／二宋：《廣韻》韻目冬〔-uŋ〕、鍾〔-iuŋ〕

　　《廣韻》系統中，東韻獨用，冬、鍾同用；詩韻系統中，則將東韻獨立為一東，冬、鍾二韻則合為二冬韻。《笠翁詩韻》韻目體製主要依隨平水韻傳統，故仍將通攝字分為東、冬二韻。

　　韻目分布上雖續前沿，然由韻字與註音字間的關係卻可發現李漁並未將此三攝字整齊劃分於韻部中。在一東韻中，註音字大部分以東韻字為主，少數以冬、鍾、耕、蒸四韻字為註音字，形成五種情況。如不考同部相註的情形，則表列呈現如下。（「擬音」指註音字之韻部擬音，下同不贅。）

　　表 2-1　東類異部相註

①韻字東－註音字冬			
韻　字	註音字	擬　音	註音形式
東	冬	-uŋ	
涷	冬	-uŋ	
從	宗	-uŋ	
艐	宗	-uŋ	
緵	宗	-uŋ	

〔註 2〕「入群」即「飛雁入群格」，或稱「孤鶴入群格」，指首句所押之韻，不在同一韻部之內；「出群」即「飛雁出群格」，或稱「孤鶴出群格」，指末句所押之韻，非在同一韻部之內。錢大昕〈十駕齋養新錄〉云：「五七言近體第一句，借用旁韻，謂之借韻。」王力先生《漢語詩律學》云：「首句雖入韻而不同韻，只可謂之『襯韻』。」

巎	宗	-uŋ	
鬆	宗	-uŋ	
嵏	宗	-uŋ	
騌	宗	-uŋ	
椶	宗	-uŋ	
鬷	宗	-uŋ	
豵	宗	-uŋ	
總	宗	-uŋ	
猣	宗	-uŋ	
堫	宗	-uŋ	
送	宋	-uŋ	

②韻字東－註音字冬

韻　字	註音字	擬　音	註音形式
崧	松	-iuŋ	
蟲	重	-iuŋ	重平聲
戎	茸	-iuŋ	
嵩	松	-iuŋ	
菘	松	-iuŋ	
肜	容	-iuŋ	
茙	容	-iuŋ	
瀜	容	-iuŋ	
窮	筇	-iuŋ	
隆	龍	-iuŋ	
嚨	龍	-iuŋ	
襱	龍	-iuŋ	
龐	龍	-iuŋ	
躘	龍	-iuŋ	
朧	龍	-iuŋ	
叢	從	-iuŋ	
籠	蘢	-iuŋ	
鳳	奉	-iuŋ	

③韻字東－註音字耕

韻　字	註音字	擬　音	註音形式
蒙	萌	-æŋ	

烘	轟	-uæŋ	
④韻字東－註音字庚			

韻　字	註音字	擬　音	註音形式
蠓	猛	-aŋ	
曚	猛	-aŋ	
⑤韻字東－註音字登			

韻　字	註音字	擬　音	註音形式
琫	崩	-əŋ	叶崩上聲

第一種情況以多韻爲東韻註音字者，如多、宗、宋三字，爲東、徔、艐、猣、送等字之註音字，皆擬爲〔-oŋ〕，與多韻〔-uŋ〕間之關係僅主要元音在發音部位上舌位高低的差異。第二種以鍾韻字爲東韻註音字者，如松、茸、容、節、龍、從、奉、璽等鍾韻字，爲崧、戎、融、嵩、菘、彤、茷、瀜、窮、隆、鳳、曨、朧、襱、籠、龐、叢、籠等東韻字之註音字。根據《廣韻》，前十一字當擬爲〔-i̯oŋ〕，是爲東韻三等字；後七字當擬爲〔-oŋ〕，則是東韻一等字。對前十一字來講，該些東韻字同鍾韻字一般，尚保留細音成分；對後七字而言，當代表用來當註音字的鍾韻字，其細音成分已消失，與多韻字已無差別，讀來與東韻字發音相近。如此一來，則前十一字當擬爲〔-i̯oŋ〕，後七字當擬爲〔-oŋ〕是矣。可見當時鍾韻中某些字已漸入多韻，且發音與東韻相同。

　　至於第三種及第四種情況即東韻與梗攝字間的關係，可著眼於東韻「烘」以耕韻「轟」、東韻「蒙」以耕韻「萌」爲註音字的情況。「轟」爲曉母，擬爲〔xuæŋ〕，除〔-æ-〕爲前元音外，聲母在舌根，韻尾亦是舌根鼻音，介音也在舌面後，位近舌根。在如此多的舌根音簇擁下，前元音自然被排擠掉，該字發音〔xuŋ〕，與「烘」〔xoŋ〕近同。而「萌」擬爲〔-æŋ〕，受到舌根鼻音高化的影響，使〔-æ-〕舌位往後並向上提升，因此讀來與〔-oŋ〕近同。無獨有偶，在下平八庚所收「萌」字，亦以東韻「蒙」字爲其註音字，可見其音已相混不分。上聲方面，東韻「蠓」、「曚」二字咸以庚韻「猛」爲註音字。「猛」擬爲〔-aŋ〕，與被註二字〔-oŋ〕之間的關係，蓋由於舌根鼻音促使舌位向後提高，因此與東韻二字發音相近。第四種則爲東韻與曾攝字間的關係，出現於註音形式爲「叶某某聲」之例中，以登韻「崩」爲東韻「琫」之註音字。「崩」

擬爲〔-əŋ〕，與「琫」〔-oŋ〕之間，均脣音聲母，並舌根鼻音收尾，不同點在於主要元音的前後。〔-ə-〕與〔-o-〕之舌位除前後不同外，發音部位相當接近，故李漁以登韻字爲東韻字註音，其理可明。

　　在二冬韻中，註音字大部分以鍾韻字爲多，其次爲東韻字，複次始爲冬韻字，另外摻雜各一例江韻及清韻字。若不考同部相註，韻字與註音字的情況可分「韻字冬－註音字東」、「韻字鍾－註音字東」、「韻字冬－註音字鍾」、「韻字鍾－註音字冬」及「韻字鍾－註音字江」、「韻字鍾－註音字清」六種。在前二者中，可以平聲爲例表列東韻與冬、鍾二韻在二冬韻之韻字與註音字間的關係。

表2-2　冬類異部相註

①韻字冬－註音字東			
韻　字	註音字	擬　音	註音形式
冬	東	-oŋ	
琮	叢	-oŋ	
賨	叢	-oŋ	
淙	叢	-oŋ	
宋	送	-i̯oŋ	
綜	粽	-i̯oŋ	
統	痛	-i̯oŋ	

②韻字鍾－註音字東			
韻　字	註音字	擬　音	註音形式
龍	隆	-i̯oŋ	
衝	充	-i̯oŋ	
鍾	中	-i̯oŋ	
鐘	中	-i̯oŋ	
忪	中	-i̯oŋ	
蚣	中	-i̯oŋ	
憧	中	-i̯oŋ	
種	中	-i̯oŋ	
罿	沖	-i̯oŋ	
穜	沖	-i̯oŋ	
幢	沖	-i̯oŋ	
邇	沖	-i̯oŋ	

封	風	-ioŋ	
烽	風	-ioŋ	
桻	風	-ioŋ	
蜂	風	-ioŋ	
峰	風	-ioŋ	
丰	風	-ioŋ	
鋒	風	-ioŋ	
茸	戎	-ioŋ	
毧	戎	-ioŋ	
猜	戎	-ioŋ	
蛩	窮	-ioŋ	
重	崇	-ioŋ	
逢	馮	-ioŋ	
從	叢	-oŋ	

③韻字冬－註音字鍾

韻　字	註音字	擬　音	註音形式
鬆	松	-ioŋ	

④韻字鍾－註音字冬

韻　字	註音字	擬　音	註音形式
穠	農	-oŋ	
醲	農	-oŋ	
襛	農	-oŋ	

⑤韻字鍾－註音字江

韻　字	註音字	擬　音	註音形式
舂	椿	-ɔŋ	

⑥韻字鍾－註音字清

韻　字	註音字	擬　音	註音形式
銎	傾	-iuŋ	

由上表可見，同於一東韻裡，以鍾韻字為東韻字註音時，細音無法成為分判焦點，在此東韻卻亦無法以細音有無做為註音冬、鍾二韻字之憑藉；換言之，東韻三等與鍾韻相配，東韻一等與冬韻相合，雖是大部分韻字之圭臬，然而細音的界線在逐漸模糊當中，與《九經直音》所呈現東、冬、鍾三韻相混的現象一致。第三種與第四種情況，則是同處二冬韻之冬鍾二韻互為韻字及註

音字，僅出現於平聲韻字中，共四例。冬、鍾二韻在韻圖上分判秩然，各占據一等及三等位置，有洪細上的差別。不論以冬韻註鍾韻，或以鍾韻註冬韻，都代表其介音產生變化，當是異化而消失。如冬韻「鬆」以鍾韻「松」爲註音字，前者擬爲〔suŋ〕，後者擬爲〔zịuŋ〕，心母與邪母的差別在於前清後濁，此外，二者皆是舌尖音。李漁既將鍾韻字註冬韻字，顯然「松」之濁音成份已然清化，王力先生《漢語史稿》云：「由於濁音清化，從邪兩母（ʣˊ，z）不能再保持了，於是從母平聲併入清母，念 tsˊ，仄聲併入精母，念 ts；邪母不分平仄，一律併入心母。」〔註3〕一說可爲輔證。其細音成份，一者可因遇捲舌音在前，不相容而被排擠掉；二者仍保持細音成份，則此時當「松」字增加一細音，始可與「鬆」字相當。後者是一項由合口音變撮口音的過程，王力先生稱之爲「不規則變化」〔註4〕，畢竟從沒有細音到產生細音較爲困難。《漢語方音字匯》顯示，目前方言中，該二字於各方言點，在文讀系統中，除梅縣、廈門、福州、建甌等南方區域保留古音性質較多，故鍾韻「松」仍存細音成份外，已無細音。〔註5〕再如以冬韻爲鍾韻註音字者，僅得鍾韻「穠」、「醲」、「襛」皆以冬韻「農」爲其註音字三例。前者擬音爲〔nịuŋ〕，後者擬音爲〔nuŋ〕，娘母與泥母的差別在於前爲舌面音，後爲舌尖近齒齦音，二者在上古關係密切，至中古分化後，泥母細音字當歸入娘母；明代《洪武正韻》（1375）亦合泥、娘爲奴類；時至現代方言，則已無顯著差異。若以「娘」字爲例，在李漁居住地，即今通泰地區各方言點所顯現出來的語音狀況如下所示：〔註6〕

表 2-3　通泰方言區娘母字擬音

方言點	南通	如東	如皋	海安	東台	大豐
擬　　音	niẽ	niã	niã	niã	niaŋ	niaŋ
方言點	興化	泰興	姜堰	泰州	北京	
擬　　音	liaŋ	niaŋ	niaŋ	niaŋ	niaŋ	

〔註3〕王力：《漢語史稿》（重排本）（北京：中華書局，2004）頁 143。

〔註4〕王力：《漢語史稿》（重排本）（北京：中華書局，2004）頁 168。

〔註5〕北大中文系語言學教研室編：《漢語方音字匯》（第二版重排本）（北京：語文出版社，2003）頁 365。

〔註6〕顧黔：《通泰方言音韻研究》（南京：南京大學出版社，2001）頁 342。

由上表可以發現，已無存娘母成份；若有不同，則是在於泥、來之間，顯然是同部位濁音的變異。唐代《經典釋文》及玄應《一切經音義》亦泥娘不分，可見泥娘合流早有所見，因此「穠」、「醲」、「襛」諸字讀來與「農」便無不同。第五種情況亦即通攝字與江攝字之間的聯繫，出現在鍾韻「舂」與江韻「樁」之間。後者擬爲〔tɔŋ〕，與前者〔ɕioŋ〕相較，不只在韻母，聲母方面也令人匪夷所思。如曰「樁」字有類隔作用，則爲一知母字，與審母之間仍有發音方法上的距離。檢索《廣韻》與《集韻》，可發現三鍾小韻字「舂」下，收有同小韻字「橁」，其形與「樁」近似，故筆者以爲此乃「扌」與「木」之間形近而誤植，非眞以江韻字註鍾韻字是也。第六種情況亦即通攝字與梗攝字間的關係，出現在鍾韻「銎」與清韻「傾」之間。二者皆爲溪母，後者擬爲〔-iuɛŋ〕，與前者〔-ioŋ〕之間存在介音與主要元音上的差別。以「傾」發音過程而言，則先由舌面前元音開始，而後至同高度舌面後元音，再至舌面前半低元音，最後到達舌根鼻音，實爲一繁複之發音過程。以語言發音趨向簡單容易的方式來說，著實不堪一再轉折的經過。在「傾」的音素中，〔-iuŋ〕在舌位上呈現一個直線行進的發音模式，自然將介音排擠掉，因此聽聞之下，已與「銎」近同，乃其理也。

由以上所述，可見通攝字與梗攝字間有某種聯繫，關於此點，則可於以梗攝字爲主的八庚及九青，尚有與梗攝字互有來往的十蒸韻字中，一窺堂奧，此容待後文〈（九）庚、青、蒸三類〉再敘。

上去聲部分，由於冬韻無上聲，故二冬韻上聲爲鍾韻字的天下，不論是韻字或註音字大都以鍾韻字互相明其音讀，唯「恐」字以東韻「孔」註音，雖與上述平聲中「韻字鍾－註音字東」情況相同，但「孔」字卻爲開口洪音的東韻字，同樣的例子亦出現於去聲中，鍾韻「縱」以東韻「糉」註音。此二東韻註音字擬爲〔-oŋ〕，與鍾韻韻字存在一細音成分的差別，則是平聲所未見。平聲中呈顯出冬、鍾二韻井然有序的分別，與東韻一等及三等字互相配合，倘若「恐」、「縱」二字以東韻一等字註音，不啻代表其細音成分已遭破壞，因此讀來與東韻一等字相當。由此觀察，不難看出該二字已由鍾韻轉入冬韻。在今天的音讀上，除南方如閩、粵各地保存較多古音成分，此二字在大部分地區的確已無細音成分，皆爲開口洪音是也。而在去聲中，尚可發現其他以「韻字冬－註音字東」、「韻字鍾－註音字東」的情形各有三例及二例，乃以東韻一等和三

等字分別與冬韻和鍾韻字相配，與前述相合，此不贅言。

　　李漁近體詩作中，一東獨押者凡三十五首，二冬獨押者凡十一首，東冬合韻者凡四首；古體詩作中，一東韻獨押者凡七首，二冬韻獨押者僅一首，東冬合韻者凡九首。若將合韻狀況以合韻譜表之，則如下所示：（韻字上阿拉伯數字表本文為利敘述與統計所編制之號碼，同本文〈李漁詩作韻字及歸部一覽表〉中為李詩之編號；韻字旁未加任何記號者，表該字隸該合韻譜首韻，如東冬鍾之「東」；韻字旁加「‧」者，表該字隸該合韻譜次韻，如東冬鍾之「冬」；韻字旁加「。」者，表該字隸該合韻譜第三韻，如東冬鍾之「鍾」。依次類推，韻字旁加「｜」者，表該字隸該合韻譜第四韻，如支魚虞屋之「屋」；韻字旁加「∤」者，表該字隸該合韻譜第五韻，如支微齊灰泰之「泰」。下同不贅。）

　　表2-4　東冬二類合韻譜

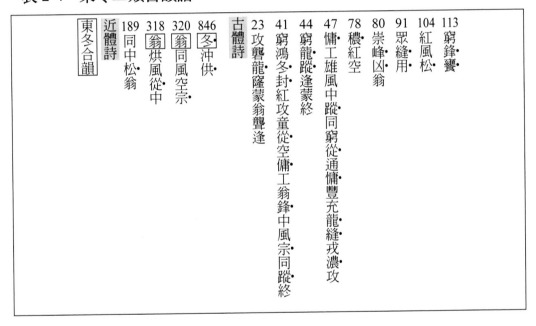

在合韻譜中，首先可以發現《廣韻》東韻一等及東韻三等字皆為同詩韻腳，如詩作編號189〈登華嶽〉（其一）便以「同、中、翁」分別為東韻一等及三等之字合押，表示押韻不論洪細，即薛鳳生先生所謂「韻基」〔註7〕，乃主要元音加上韻尾的型態，因此洪細的有無並不礙詩作押韻。其次，則可發現冬、鍾二韻亦有合押現象，唯韻字選擇上以鍾韻為多，如編號41〈阿倩沈因伯寄

〔註7〕薛鳳生：《漢語音韻史十講》（北京：華語教學出版社，1998）頁5。

詩文入都求改正喜其力學寄詩勉之〉一詩，其中僅「冬、宗」二字爲冬韻，卻有「封、從、傭、鋒、蹤」等相對而言多數的鍾韻字，甚至在編號 47〈和白樂天詠傭詩爲嵇叔夜解圍〉一詩全以鍾韻字與東韻字合押。在冬鍾二韻合押的情況下，則符合押韻不論開合的原則。第三，由東、冬、鍾叶韻之例看來，開合與洪細不論，其主要元音相近，韻尾相同則爲李漁押韻原則，唯若實際詩文中已可通叶，又何必於韻書分部？李漁既不求同與今古，又何必在韻部體製上合於平水？實矛盾是矣。

　　由以上針對《笠翁詩韻》及李漁詩作所作分析，可對李漁處理《廣韻》東、冬、鍾三韻的情況稍有釐清。韻書中雖尚見與梗、曾二攝互註之處，詩作中卻無見運用之例。然李漁詩作遭祝融之禍，殘燼近半，許在此中可見與梗、曾二攝相押之例，又或者無得見於詩作之中。無論如何，韻書中所見當是通攝與梗、曾二攝有某種程度的合流，使發音趨於近同。

（二）江、陽二類

　　上平三江／三講／三絳：《廣韻》韻目江〔-ɔŋ〕

　　下平七陽／二十二養／二十三漾：《廣韻》韻目陽〔-iɑŋ〕、〔-iuɑŋ〕、唐〔-ɑŋ〕、〔-uɑŋ〕

　　《笠翁詩韻》中，江類裡只有《廣韻》江韻，陽類裡則包括《廣韻》陽、唐二韻。在《廣韻》系統中，陽與唐合用，江獨用，符合李漁分韻觀點，在詩韻系統中亦然，即宕、江二攝分開處理。

　　韻字蒐羅上，《笠翁詩韻》江類咸收江韻字，陽類中則網羅了陽韻及唐韻字，無任何出韻情況產生。須注意者，在於李漁附於韻字下的註音字。江類韻字「邦」註音字爲「幫」，該字在《廣韻》當屬唐韻平聲，卻無見於《笠翁詩韻・七陽》韻字中。除了該例外，江類其他註音字中，其中以陽類韻字爲註音字者有十三例，以東韻爲註音字者有三例，餘爲以江類韻字本身爲註音字者。倘不考同部相註，江類中呈現三種現象，如下所示。

表 2-5　江類異部相

①韻字江－註音字東			
韻　　字	註音字	擬　　音	註音形式
瀧	籠	-ɔŋ	

| 淙 | 叢 | -oŋ | |
| 鬆 | 叢 | -oŋ | |

②韻字江－註音字陽

韻　字	註音字	擬　音	註音形式
窻	瘡	-i̯aŋ	
幢	床	-i̯aŋ	
撞	床	-i̯aŋ	
腔	羌	-i̯aŋ	
椿	庄	-i̯aŋ	

③韻字江－註音字唐

韻　字	註音字	擬　音	註音形式
江	綱	-ɑŋ	
肬	忙	-ɑŋ	
邦	幫	-ɑŋ	
降	杭	-ɑŋ	
缸	剛	-ɑŋ	
哤	忙	-ɑŋ	
尨	忙	-ɑŋ	
龐	旁	-ɑŋ	
逄	旁	-ɑŋ	

第一種現象中，「瀧」、「淙」、「鬆」三字以東韻字爲註音字，顯見東江二韻已趨近同。「籠」、「叢」二字擬爲〔-oŋ〕，與江韻〔-ɔŋ〕之間僅主要元音不同，前者爲半高後元音，後者爲半低後元音，差異極微，發音上語感相似。第二種與第三種現象，恰爲江攝字與宕攝字之間的變化。註音字「瘡」、「床」、「羌」等字爲《廣韻》陽韻，擬爲〔-i̯aŋ〕；「綱」、「忙」、「杭」、「剛」、「旁」、「幫」等字爲《廣韻》唐韻，擬爲〔-ɑŋ〕。前者五組字「窻－瘡」、「幢－床」、「撞－床」、「椿－庄」與「腔－羌」間，第一組二字皆爲初母，各自擬爲〔ʧʻɔŋ〕與〔ʧʻi̯aŋ〕；第二組與第三組同，韻字與註音字各爲澄母與床母，擬爲〔ḓʻɔŋ〕與〔ʤʻi̯aŋ〕；第四組二字則爲端母與莊母，擬爲〔tɔŋ〕與〔ʧi̯aŋ〕。上列四組之註音字皆爲陽韻莊系字，韻字皆爲江韻知、莊二系字，王力先生認爲江韻知、莊二系字會先經過一個齊齒階段，而後產生合口音的性質，並舉「雙」字爲例，認爲「雙」字語音演變過程爲 ʃɔŋ→ʃɑŋ→ʃi̯aŋ→ʂuaŋ，便與

陽韻莊系字在同一條件下發展，皆多了合口性質。查檢《漢語方音字匯》，以江韻「窗」字與陽韻「瘡」字為例，除少數地區——如成都口語、廈門白讀、潮州音——外，尚保有古音性質的開口音，其他多數各方言點二者的確都帶有合口音性質的介音；再者，如以李漁所在地如皋而言，其周邊通泰方言區各方言點，除海安「瘡」字為不送氣音，而「窗」字為送氣音外，在「窗」、「瘡」二字讀音上已然無別。第五組二字皆為溪母，各自擬為〔kʻɔŋ〕與〔kʻiaŋ〕，「腔」為喉音二等字，舌根音和喉音在元音〔-ɔ-〕前面時，元音便與聲母之間逐漸產生一個短弱的、帶半元音性質的〔-i-〕介音，如王力先生《漢語史稿》云：「本來沒有韻頭的開口呼，在發展過程中插入了韻頭。這需具備兩個條件：（一）必須是喉音字（指影曉匣見溪疑六母）；（二）必須是二等字。」〔註8〕根據此演變規律，則在「腔」、「羌」之間，顯然是江韻「腔」字多了細音成份，因此李漁以帶有細音成份的陽韻「羌」字為其註音字，實表現時音是也。無獨有偶，七陽韻字中「羌」字亦以「腔」字為註音字，顯見當時「腔」、「羌」二字已無別也。唐韻〔-aŋ〕與江韻〔-ɔŋ〕的差別，為主要元音半低與最低的不同，其距甚微，聽聞之下發音相似。而由擬音可知，江類只與東、陽二類開口音相近，對於東、陽二類合口音相距較遠，故註音字除了本部之外，僅納東、陽、唐開口音，不納合口音。

至於陽類註音字，其中「攘」為韻字「勷」、「穰」、「禳」及「瓤」等字之註音字，「漿」為韻字「將」之註音字，「孃」為韻字「娘」之註音字，「慌」為韻字「荒」之註音字，「尪」為韻字「汪」之註音字，「魴」為韻字「牂」之註音字，「棉」為韻字「昂」之註音字，「攘」為韻字「壤」之註音字然這些註音字皆未列於七陽韻字中。此外，陽類韻字尚有以本類他調之韻字為註音字者，如下平七陽韻字「霜」以上聲「爽」之平聲為註音字，「王」以上聲「往」之平聲為註音字；上聲二十二養韻字「賞」以平聲「商」之上聲為註音字，「廣」以平聲「光」之上聲為註音字，「曩」以平聲「囊」之上聲為註音字，「朗」以平聲「郎」之上聲為註音字，「彊」以平聲「強」之上聲為註音字，「爽」以平聲「霜」之上聲為註音字；去聲二十三漾韻字「相」以平聲「廂」之去聲為註音字，「浪」以平聲「郎」之去聲為註音字，「讓」以平聲「穰」之去聲為註音字，「釀」亦然，「壯」以平聲「莊」之去聲為註音字，「放」以平聲

〔註8〕王力：《漢語史稿》（重排本）（北京：中華書局，2004）頁160～161。

「方」之去聲爲註音字,「當」以平聲「當」之去聲爲註音字,「喪」以平聲「喪」爲註音字。末二者「當」、「喪」之註音字雖與前述「狂」同爲同字相註,然「狂」僅得平聲一音,不若「當」與「喪」皆可於平聲與去聲中尋及,此爲其最大差異。如將該些同在陽類他調的韻字與註音字整理,則如下表所示:

表 2-6 陽類以本部他調註音

陽 類					
韻 字			註 音 字		註音形式
韻 部	韻字	註音字	韻 部		
下平七陽	陽	霜	爽	陽	上聲二十二養	叶霜上聲
下平七陽	陽	王	往	陽	上聲二十二養	叶王上聲
上聲二十二養	陽	賞	商	陽	下平七陽	叶商上聲
上聲二十二養	唐	廣	光	唐	下平七陽	叶光上聲
上聲二十二養	唐	曩	囊	唐	下平七陽	叶囊上聲
上聲二十二養	唐	朗	郎	唐	下平七陽	叶郎上聲
上聲二十二養	陽	彊	強	陽	下平七陽	強上聲
上聲二十二養	陽	爽	霜	陽	下平七陽	霜上聲
上聲二十二養	陽	壤	攘	陽	《笠翁詩韻》未收	攘上聲
上聲二十二養	唐	康	沆	唐	下平七陽	康上聲
去聲二十三漾	陽	相	廂	陽	下平七陽	叶廂去聲
去聲二十三漾	唐	浪	郎	唐	下平七陽	叶郎去聲
去聲二十三漾	陽	讓	穰	陽	下平七陽	穰去聲
去聲二十三漾	陽	釀	穰	陽	下平七陽	穰去聲
去聲二十三漾	陽	壯	莊	陽	下平七陽	莊去聲
去聲二十三漾	陽	放	方	陽	下平七陽	方去聲
去聲二十三漾	唐	當	當	唐	下平七陽	當去聲
去聲二十三漾	唐	喪	喪	唐	下平七陽	喪去聲

根據上表,可以發現陽類平聲韻字的使用極爲普遍,無論上聲或去聲,皆以平聲韻字輔以調類呈現讀音,而未有以上聲證去聲、去聲證上聲之例。這種情況,當係陽類平聲字甚夥的關係,因此在其韻字中,以七陽韻字互註,或七陽與其上去聲韻字互註爲主要標誌對象。而在同部他調互註之例中,韻字

與註音字間，仍以《廣韻》同部爲註音原則，即以陽註陽、唐註唐，不因詩韻將陽、唐二韻歸爲一韻，便無所選擇，此處未見陽唐互註之例。

　　雖然陽類與本類他調韻字間的互證的情況頗多，然而仍有少數例外。倘不考本部相註，可在韻字與註音字間尋及「韻字陽－註音字江」、「韻字陽－註音字庚」及「韻字唐－註音字鐸」等四種情況。此四情況以表列呈現，則如下所示：

表 2-7　陽類異部相註

①韻字陽－註音字江			
韻　字	註音字	擬　音	註音形式
羌	腔	-ɔŋ	
創	窗	-ɔŋ	窗去聲
禓	講	-ɔŋ	
狀	戇	-ɔŋ	
②韻字陽－註音字庚			
韻　字	註音字	擬　音	註音形式
鏘	鎗	-aŋ	
搶	鎗	-aŋ	叶鎗上聲
③韻字唐－註音字江			
韻　字	註音字	擬　音	註音形式
榜	邦	-ɔŋ	叶邦上聲
謗	邦	-ɔŋ	幫上聲
④韻字唐－註音字鐸			
韻　字	註音字	擬　音	註音形式
髒	柞	-ɑk	

首先，第一種情況凡二例，其中首例「羌」、「腔」二字間的關係已於前文說明，蓋語音演變下產生的合流現象。第二例以「某某聲」之註音形式出現，乃以「窗去聲」註「創」字。「窗」爲江韻初母，擬爲〔ʧʻɔŋ〕，同爲初母之「創」字擬爲〔ʧʻiaŋ〕。前文已明，江韻知、莊二系字咸成合口，而在合口之前則多了一個齊齒的進程，因此「窗」字演變過程應爲 ʧʻɔŋ→ʧʻaŋ→ʧʻiaŋ→ʦʂuaŋ，與陽韻莊系字在同一條件下進行演變，而李漁所在之時，則爲二者音同之際。其次，第二種情況凡二例，皆以「鎗」爲註音字，第一例爲直音式註音，第二

例爲「叶某某聲」的註音方式。「鎗」字在《笠翁詩韻》中屬八庚，在《廣韻》中亦爲庚韻小韻字，然在其下可發現同小韻字「槍」，該字於《廣韻》中互見於陽韻；而在《集韻》及《宋元以來俗字本》中，皆可見「槍」、「鎗」及「鏘」並列，尤其《集韻》中，「鎗」字互見於陽、庚二韻，與《廣韻》中「槍」字一般；明代奉爲應試圭臬的詩韻書爲潘恩《詩韻輯略》，七陽小韻字「鏘」條下雙行小注明載：「七羊切，玉聲也，一曰樂聲，本作瑲，或作鎗，通作鶬將。」明代字書《正字通》亦云：「又陽韻，音斨，與瑲、鏘通。」可見自《集韻》以下，直至李漁時代，「鎗」字一存庚韻，一見陽韻，實已分化爲兩個讀音。李漁以「鎗」註「鏘」、「槍」二字，實表現時音狀況是也。第三，第三種情況亦二例，皆以「邦」爲註音字，第一例爲「叶某某聲」的註音方式，第二例則爲「某某聲」的註音方式。「邦」爲江韻幫母字，擬爲〔pɔŋ〕，與唐韻字〔paŋ〕之間，僅主要元音不同。蓋江韻主要元音〔-ɔ-〕乃爲一舌面後圓唇元音，而其前之聲母〔p-〕則爲雙唇音，在二者皆爲唇音的情況下，便產生異化，因此江韻「邦」字便讀如唐韻字。第四，第四種情況僅一例，以直音式註音，用入聲字「柞」註上聲字「驦」。亦無見於《笠翁詩韻》其他韻部，在《廣韻》中則爲入聲鐸韻。「驦」字爲精母唐韻上聲字，擬音爲〔tsaŋ〕；「柞」字爲鐸韻從母字，擬音爲〔dz'ak〕。由入聲字註陽聲字，以直音來說，並不合語音演變規律。經翻檢《笠翁詩韻》全書，亦無見作此法者，僅具以入聲字註陰聲字者，如以支類中以術韻字「黜」註脂韻字「出」，以職韻字「薏」註之韻字「意」；尤類中以「伏」字爲「覆」字又音，其註音形式爲「仆伏二音」，凡此皆爲以入聲字註陰聲字者。筆者以爲，既無法從語音規律說解入聲註陽聲現象，李書中亦無同等例證以資輔助說明，則可視爲傳鈔過程中的失誤，或遺漏「叶柞上聲」或「柞上聲」一類的註音形式。

七陽韻字中收有「盲」字，是爲庚韻，註云：「荒。心上鬲下也。」查考《廣韻》、《集韻》及《詩韻輯略》、《笠翁詞韻》諸韻書，由該字字形、字音及字義判斷，當誤植「肓」爲「盲」，係韻書傳抄上之訛誤，於此提出更正，不予推敲韻字與註音字間之語音關係。

實際上，江韻是王力先生所謂的險韻〔註9〕，韻字少，能押韻的詩作亦隨之

〔註9〕王力：《漢語詩律學》（上海：上海教育出版社，2002）頁46。

減產，若江韻獨押，詩作上更是少見。李漁近體詩中，上平三江獨押者凡五首，比例甚微；上去聲無作，古風亦毫無獨押之作。下平七陽獨押者凡七十九首，上聲二十二養獨押者凡二首，去聲二十三漾獨押者無；古風下平七陽獨押者凡十七首，上聲二十二養獨押者凡二首，去聲二十三漾獨押者亦二首。將合韻狀況以表列呈現，則如下所示：

表2-8　江陽二類合韻譜

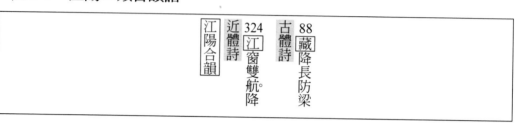

	古體詩 88	近體詩 324	江陽合韻
	藏降長防梁	江窗雙航。降	

詩體以平聲爲正格，故以上去聲爲主之作品極少；而陽韻包含陽、唐二韻，韻字甚繁，正是王力先生所謂的寬韻〔註10〕，自然爲詩人所喜用，李漁亦然。據前所述，江、陽二類在韻字及註音字上常可互見，說明了在韻書系統中，李漁本身的語感對此二韻諸多字已讀爲同音，而在詩體寫作上，亦可窺知一二。李漁近體詩中，江、陽合用者僅編號 324〈寄韓國士讀書金山〉一首；古風中，亦僅編號 88〈黃河篇〉一首。前者押「江、窗、雙、航、降」五字，其中「航」字爲唐韻，餘爲江韻；〈黃河篇〉，押「藏、降、長、防、梁」五字，其中「降」字爲江韻，餘爲陽韻。詩體押韻不論介音，因此陽韻細音於此不生作用，然合韻之例甚微，難以據此說明〔-ɔŋ〕、〔-ɑŋ〕之間由何者向何者靠攏，然而，無論靠攏結果如何，兩種現象皆源於主要元音發音部位相近所產生的近似語感。除此之外，〈黃河篇〉中尚可見以上聲二十二養與去聲二十三漾合押的情況，乃押「浪、障、丈、向、上、抗、恙」七字，其中「丈」爲上聲字，餘爲去聲字。丈爲澄母，是爲全濁音，配以上聲，則使聲調由上變去，足證李漁所處的時空背景中，「丈」字已由上聲變爲去聲。《笠翁詩韻》亦存此現象，在去聲二十三漾韻字「長」下，即以「丈」作爲註音字，可見李漁於《笠翁詩韻・詩韻序》言及對時音的保存，實際反映於其製韻觀點中是也。

（三）支、微、齊、灰、泰五類

上平四支／四紙／四寘：包括《廣韻》韻目支〔-jɛ〕、〔-juɛ〕、

脂〔-ie̯〕、〔-iue̯〕、之〔-iə〕

上平五微／五尾／五味：包括《廣韻》韻目微〔-ie̯i〕、〔-iue̯i〕

上平八齊／八薺／八霽：包括《廣韻》韻目齊〔-iei〕、〔-iuei〕；去聲祭〔-ie̯i〕、〔-iue̯i〕

上平十灰／十賄／十一隊：包括《廣韻》韻目灰〔-ue̯i〕、咍〔-əi〕；去聲廢〔-ie̯i〕、〔-iue̯i〕

去聲九泰：包括《廣韻》韻目灰〔-ue̯i〕、咍〔-ie̯〕；去聲泰〔-ɑi〕、〔-uɑi〕、廢〔-iue̯i〕

　　《廣韻》系統中，支、脂、之同用，微獨用，齊獨用，灰、咍同用，去聲祭、霽同用，泰獨用，廢獨用；《笠翁詩韻》將支、脂、之三韻合併爲平聲四支，微韻獨立爲五微，齊韻獨立爲八齊，去聲與祭韻合併爲八霽，泰韻則獨立爲九泰。廢韻較爲特出，分列於灰類與泰類中，其開口與合口之差異，當不爲李漁收字標準，實因廢韻字少，開口字屈指可數，《笠翁詩韻》僅收「乂」、「刈」二字，已於灰類中呈現，是以泰類中不見廢韻開口字。

　　支類韻字與註音字間，若不計同部相註，則異部相註可多達二十八種情況，茲表列說明。

表 2-9　支類異部相註

①韻字支－註音字脂			
韻　字	註音字	擬　音	註音形式
移	夷	-ie̯	
簃	夷	-ie̯	
蓩	夷	-ie̯	
扅	夷	-ie̯	
溛	夷	-ie̯	
蛇	夷	-ie̯	
貤	夷	-ie̯	
陂	悲	-ie̯	
羆	悲	-ie̯	
碑	悲	-ie̯	

奇	祁	-ie̯	
岐	祁	-ie̯	
疷	祁	-ie̯	
恈	祁	-ie̯	
离	梨	-ie̯	
訾	資	-ie̯	
貲	資	-ie̯	
觜	資	-ie̯	
鄑	資	-ie̯	
髭	資	-ie̯	
釃	師	-ie̯	
籭	師	-ie̯	
蓰	師	-ie̯	
彼	鄙	-ie̯	
被	備	-ie̯	
襬	雉	-ie̯	
俾	比	-ie̯	
弛	矢	-ie̯	
庀	嚭	-ie̯	
離	利	-ie̯	
荔	利	-ie̯	
積	恣	-ie̯	
漬	恣	-ie̯	
賜	四	-ie̯	
刺	次	-ie̯	
爲	帷	-i̯ue	
危	帷	-i̯ue	
羸	纍	-i̯ue	
腄	追	-i̯ue	
累	壘	-i̯ue	
觜	錐	-i̯ue	叶錐上聲
錘	墜	-i̯ue	
僞	位	-i̯ue	

②韻字支－註音字之

韻　字	註音字	擬　音	註音形式
觭	欺	-i̯ə	
崎	欺	-i̯ə	
徛	欺	-i̯ə	
踦	欺	-i̯ə	
鶗	時	-i̯ə	
匙	時	-i̯ə	
褆	時	-i̯ə	
唲	而	-i̯ə	
兒	而	-i̯ə	
疵	慈	-i̯ə	
虒	思	-i̯ə	
澌	思	-i̯ə	
廝	思	-i̯ə	
斯	思	-i̯ə	
禠	思	-i̯ə	
鷉	思	-i̯ə	
褫	思	-i̯ə	
鍦	詩	-i̯ə	
鳲	詩	-i̯ə	
紙	止	-i̯ə	
咫	止	-i̯ə	
砥	止	-i̯ə	
抵	止	-i̯ə	
枳	止	-i̯ə	
軹	止	-i̯ə	
只	止	-i̯ə	
倚	以	-i̯ə	
迤	以	-i̯ə	
酏	以	-i̯ə	
邐	里	-i̯ə	
屣	史	-i̯ə	
釃	史	-i̯ə	

韻　字	註音字	擬　音	註音形式
徙	史	-iə̠	
纚	史	-iə̠	
佟	恥	-iə̠	
訾	子	-iə̠	
紫	子	-iə̠	
易	異	-iə̠	
智	置	-iə̠	
翅	試	-iə̠	
施	試	-iə̠	
啻	試	-iə̠	
縊	意	-iə̠	

③韻字支－註音字微

韻　字	註音字	擬　音	註音形式
萎	威	-iu̯əi	
委	威	-iu̯əi	
痿	威	-iu̯əi	
倭	威	-iu̯əi	
嫣	歸	-iu̯əi	
麾	揮	-iu̯əi	
墮	揮	-iu̯əi	
蟻	韋	-iu̯əi	
委	偉	-iu̯əi	
詭	鬼	-iu̯əi	
委	畏	-iu̯əi	
犧	希	-iə̯i	
戲	希	-iə̯i	
義	希	-iə̯i	
曦	希	-iə̯i	
戲	希	-iə̯i	叶希去聲
漪	衣	-iə̯i	
椅	衣	-iə̯i	
猗	衣	-iə̯i	

④韻字支－註音字齊

韻　字	註音字	擬　音	註音形式
眭	攜	$- \underset{\sim}{j} uei$	
觿	攜	$-\underset{\sim}{j}uei$	
巂	睽	$-\underset{\sim}{j}uei$	
麛	迷	$-\underset{\sim}{j}ei$	
麋	迷	$-\underset{\sim}{j}ei$	
醾	迷	$-\underset{\sim}{j}ei$	
麛	迷	$-\underset{\sim}{j}ei$	
羈	笄	$-\underset{\sim}{j}ei$	
畸	笄	$-\underset{\sim}{j}ei$	
奇	笄	$-\underset{\sim}{j}ei$	
剞	笄	$-\underset{\sim}{j}ei$	
羇	笄	$-\underset{\sim}{j}ei$	
靡	米	$-\underset{\sim}{j}ei$	
敉	米	$-\underset{\sim}{j}ei$	
灖	米	$-\underset{\sim}{j}ei$	
綺	啓	$-\underset{\sim}{j}ei$	
徙	洗	$-\underset{\sim}{j}ei$	
璽	洗	$-\underset{\sim}{j}ei$	
避	陛	$-\underset{\sim}{j}ei$	
累	戾	$-\underset{\sim}{j}ei$	
賁	閉	$-\underset{\sim}{j}ei$	
寄	計	$-\underset{\sim}{j}ei$	

⑤韻字支－註音字灰

韻　字	註音字	擬　音	註音形式
毀	悔	$-u\partial i$	
揣	崔	$-u\partial i$	叶崔上聲

⑥韻字支－註音字祭

韻　字	註音字	擬　音	註音形式
劑	祭	$-\underset{\sim}{j}\varepsilon i$	祭。叶平聲
爲	衛	$-\underset{\sim}{j}u\varepsilon i$	

⑦韻字支－註音字恠

韻　字	註音字	擬　音	註音形式
跪	隤	-iən-	

⑧韻字支－註音字虞

韻　字	註音字	擬　音	註音形式
惴	朱	-ĩu	朱去聲

⑨韻字脂－註音字支

韻　字	註音字	擬　音	註音形式
祁	奇	-ĩɛ	
夷	移	-ĩɛ	
舭	皮	-ĩɛ	
椑	皮	-ĩɛ	
毗	皮	-ĩɛ	
比	皮	-ĩɛ	
貔	皮	-ĩɛ	
蓖	皮	-ĩɛ	
蚍	皮	-ĩɛ	
魮	皮	-ĩɛ	
邳	皮	-ĩɛ	
丕	披	-ĩɛ	
坻	池	-ĩɛ	
遲	池	-ĩɛ	
賑	池	-ĩɛ	
泜	池	-ĩɛ	
箈	池	-ĩɛ	
蚳	池	-ĩɛ	
梨	离	-ĩɛ	
黎	离	-ĩɛ	
悲	碑	-ĩɛ	
眉	彌	-ĩɛ	
胝	知	-ĩɛ	
觭	寄	-ĩɛ	
驥	寄	-ĩɛ	

洎	寄	-iɛ	
暨	寄	-iɛ	
冀	寄	-iɛ	
次	刺	-iɛ	
恣	漬	-iɛ	
鼻	避	-iɛ	
比	避	-iɛ	
示	是	-iɛ	
備	避	-iɛ	
推	吹	-iuɛ	
蓷	吹	-iuɛ	
洧	委	-iuɛ	
唯	委	-iuɛ	
揆	跪	-iuɛ	
墜	縋	-iuɛ	
喟	嘳	-iuɛ	嘳去聲

⑩韻字脂－註音字之

韻　字	註音字	擬　音	註音形式
脂	之	-iə	
祗	之	-iə	
茨	慈	-iə	
絺	痴	-iə	
瓻	痴	-iə	
私	司	-iə	
耆	其	-iə	
鰭	其	-iə	
兕	似	-iə	
几	己	-iə	
姊	子	-iə	
矢	始	-iə	
死	史	-iə	
履	里	-iə	
至	志	-iə	
利	吏	-iə	

韻　字	註音字	擬　音	註音形式
莅	吏	-i̯ə	
懿	意	-i̯ə	
肆	異	-i̯ə	
自	字	-i̯ə	
遺	怡	-i̯ə	

⑪韻字脂－註音字微

韻　字	註音字	擬　音	註音形式
伊	衣	-i̯əi	
洢	衣	-i̯əi	
黟	衣	-i̯əi	
咿	衣	-i̯əi	
屒	希	-i̯əi	
棄	氣	-i̯əi	
器	氣	-i̯əi	
帷	圍	-i̯uəi	
紕	肥	-i̯uəi	
癸	鬼	-i̯uəi	
歸	鬼	-i̯uəi	
位	胃	-i̯uəi	
匱	貴	-i̯uəi	
饋	貴	-i̯uəi	
簣	貴	-i̯uəi	
蕢	貴	-i̯uəi	
愧	貴	-i̯uəi	

⑫韻字脂－註音字齊

韻　字	註音字	擬　音	註音形式
龜	圭	-i̯uei	
尼	泥	-i̯ei	
祕	閉	-i̯ei	
畀	閉	-i̯ei	
悸	計	-i̯ei	
季	計	-i̯ei	
地	遞	-i̯ei	

⑬韻字脂－註音字灰

韻　字	註音字	擬　音	註音形式
欙	雷	-i̯uəi	
纍	雷	-uəi	
縩	雷	-uəi	
蘲	雷	-uəi	
槯	崔	-uəi	
椎	搥	-uəi	
美	每	-uəi	
壘	磊	-uəi	
誄	磊	-uəi	
藟	磊	-uəi	

⑭韻字脂－註音字祭

韻　字	註音字	擬　音	註音形式
粹	歲	-i̯uɛi	
帥	稅	-i̯uɛi	
翠	脆	-i̯uɛi	

⑮韻字脂－註音字泰

韻　字	註音字	擬　音	註音形式
醉	最	-uɑi	

⑯韻字脂－註音字術

韻　字	註音字	擬　音	註音形式
出	黜	-i̯uet	

⑰韻字之－註音字支

韻　字	註音字	擬　音	註音形式
之	支	-i̯ɛ	
頤	移	-i̯ɛ	
宧	移	-i̯ɛ	
圯	移	-i̯ɛ	
疑	宜	-i̯ɛ	
嶷	宜	-i̯ɛ	
齺	宜	-i̯ɛ	
其	奇	-i̯ɛ	

韻字	註音字	擬音	註音形式
而	兒	-iɛ̰	
欺	敧	-iɛ̰	
慈	疵	-iɛ̰	
鷀	疵	-iɛ̰	
耳	尒	-iɛ̰	
枲	徙	-iɛ̰	
矣	倚	-iɛ̰	
恥	侈	-iɛ̰	
置	智	-iɛ̰	

⑱韻字之－註音字脂

韻字	註音字	擬音	註音形式
詩	師	-ḭe	
釐	犁	-ḭe	
嫠	犁	-ḭe	
嫠	犁	-ḭe	
貍	犁	-ḭe	
桯	犁	-ḭe	
持	遲	-ḭe	
止	旨	-ḭe	
紀	几	-ḭe	
己	几	-ḭe	
峙	雉	-ḭe	
始	矢	-ḭe	
子	紫	-ḭe	
志	至	-ḭe	
植	治	-ḭe	
值	治	-ḭe	
字	自	-ḭe	
餌	二	-ḭe	
珥	二	-ḭe	
聏	二	-ḭe	
吏	利	-ḭe	
異	肄	-ḭe	
熾	尸	-ḭe	叶尸去聲

| 歸 | 喟 | -ịue | |

⑲韻字之－註音字微

韻　字	註音字	擬　音	註音形式
嬉	希	-ịəi	
熙	希	-ịəi	
僖	希	-ịəi	
禧	希	-ịəi	
嘻	希	-ịəi	
譆	希	-ịəi	
噫	衣	-ịəi	
醫	衣	-ịəi	

⑳韻字之－註音字齊

韻　字	註音字	擬　音	註音形式
忌	計	-ịei	
記	計	-ịei	

㉑韻字之－註音字職

韻　字	註音字	擬　音	註音形式
意	薏	-ịək	

㉒韻字戈－註音字齊

韻　字	註音字	擬　音	註音形式
劚	迷	-ịei	

㉓韻字齊－註音字支

韻　字	註音字	擬　音	註音形式
嬖	貢	-ịɛ	

㉔韻字齊－註音字之

韻　字	註音字	擬　音	註音形式
楷	欺	-ịə	

㉕韻字咍－註音字之

韻　字	註音字	擬　音	註音形式
慨	忌	-ịə	

㉖韻字祭－註音字脂

韻　字	註音字	擬　音	註音形式
篲	遂	-ịue	

㉗韻字祭－註音字之			
韻　字	註音字	擬　音	註音形式
勔	異	-i̯ə	

㉘韻字職－註音字之			
韻　字	註音字	擬　音	註音形式
薏	意	-i̯ə	

由表中可知，二十八種情況中，其實並不僅包括支、脂、之三韻，而是雜廁著齊、祭、咍等韻，如第二十二種情況至第二十九種情況所示。雖然如此，仍以支、脂、之三韻為主韻。支、脂、之三韻互註之例甚夥，乃在於有相同的介音〔-i-〕，其後的主要元音亦相近。據陳瑤玲先生《新刊韻略研究》一文指出「三韻音讀已不可分別」〔註11〕，今各方言點對於三韻韻字讀音亦無差異，由此可見一斑。至於主韻之外的雜入之韻，如齊、祭、咍、戈及入聲職韻等，尚由前代韻書以為考察。金代王文郁《壬子新刊禮部韻略》中，詩韻四支僅含支、脂、之三韻，無見他韻雜入；明代潘恩《詩韻輯略》，體製有別於傳統詩韻書，在某些韻部〔註12〕後兼具「古叶」韻，因此在四支中屬雜他韻之字實屬自然，無法以此為判。若由韻字與註音字間的互註關係切入，則如下所示：

㉒ 劘 muɑ－迷 mi̯ei	㉖ 篲 zi̯uɛi－遂 zi̯ue
㉓ 嬖 piei－賁 pi̯ɛ	㉗ 勔 oi̯ɛi－異 oi̯ə
㉔ 禥 k′iei－欺 k′i̯ə	㉘ 薏 ʔi̯ək－意 ʔi̯ə
㉕ 愾 k′əi－忌 ki̯ə	

由以上整理，可以發現㉓至㉗各組的前字（即韻字）都帶有一細音韻尾，倘該細音成份消失，其音讀即與後字（即註音字）相近，因此得以互註。其中，㉒與㉘較為特殊。㉒中，「劘」字於《廣韻》中為戈韻明母字，韻部與「迷」字不合。細究各韻書，《集韻》、《詩韻輯略》、《字彙》及《正字通》咸另收支韻音，作「莫皮切」或「忙皮切」，顯見支韻音其來有自。將其置換之，則情況無別於㉓至㉗各組之呈現。㉘中，罕見地將入聲字「薏」歸入韻字中，由

〔註11〕 陳瑤玲：《新刊韻略研究》（台北：中國文化大學中國文學研究所碩士論文，1991）頁214。

〔註12〕 「古叶」者在潘恩《詩韻輯略》中，或見於陰聲韻部，或見於陽聲韻部，或見於入聲韻部，尚無標準可循。

其擬音看來，顯然其塞音韻尾〔-k〕已然消亡，始與「意」同。由此可見，在李漁的時空中，入聲韻尾消亡而成陰聲韻的狀態正在進行，李漁時音正呈顯此一現象，因而被收錄於《笠翁詩韻》中。同為陰入相註，尚有第十六種情況獨例，以入聲術韻字「黜」為脂韻字「出」註音，差別僅在「黜」字舌尖塞音韻尾〔-t〕，顯然亦已消亡。第八種情況獨例，以支韻照母字「惴」與虞韻照母字「朱」相註，前者擬為〔tɕiuɛ〕，後者擬為〔tɕiu〕，皆為三等合口音，差異在於元音〔-ɛ-〕，前者元音〔-ɛ-〕似已消弱，因此讀音與虞韻同。

　　支類諸多韻字與註音字間，韻部相近，且以同聲母字相註比例甚高。少數聲母不同者，如第一種情況倒數第三例，以支韻精母字「觜」與脂韻照母字「錐」字相註，乃是精系與照系三等之合流。同為精照合流，尚有第五種情況末例，以支韻初母字「揣」與灰韻清母字「崔」相註；及第十三種情況，以脂韻初母字「榱」與灰韻清母字「崔」相註。須說明者，「榱」於《廣韻》僅錄疏母一音，無以明其梗概。然於《集韻》可得初母音，於《字彙》更直與「崔」字同為清母，顯見其音韻上的關係。第二種情況倒數第九例，以支韻穿母字「侈」與之韻徹母字「恥」相註，乃是照系三等與知系的合流。同為知照合流，尚有第十六種情況獨例，以脂韻穿母「出」字與術韻徹母「黜」字相註；及第十七種情況倒屬第二例，前例「恥」、「侈」的互置相註。第十四種情況第二例，以脂韻疏母字「帥」與祭韻審母字「稅」相註，乃是照系二等與三等之合流。同為莊照合流，尚有第十八種情況首例，以之韻審母字「詩」與脂韻疏母字「師」相註。照系三等之間，亦有合流現象，如第二種情況倒數第三例，以支韻穿母字「施」與之韻審母字「試」相註；第九種情況倒數第九例，以脂韻神母字「示」與支韻禪母字「是」相註；第第十八種情況倒數第二例，以之韻穿母字「熾」與脂韻審母字「尸」相註。照系三等之間的合流現象，皆係塞擦音與擦音的混同，顯然塞音成份無見於諸字中，始與擦音同。

　　聲母不同者除齒音外，尚有舌音、牙音、喉音及見系疑母。舌音部分，如第十二種情況第二例，以脂韻娘母字「尼」與齊韻泥母字「泥」相註，顯見泥娘已然合流；第十三種情況倒數第五例，以脂韻澄母字「椎」與灰韻端母字「搥」相註，唯《廣韻》所錄之澄母音字義為「椎鈍不曲撓亦棒椎也又椎髻」，實與《笠翁詩韻》云「擊也」不合。細究諸書，《集韻》錄有二音，

其一與《廣韻》同，另一爲引《說文》「擊也」義之「傳追切」，是爲知母；《詩韻輯略》僅作「傳追切」，並言明「形或作榷通作槌搥」，表露出「椎」、「搥」二字關係；《字彙》在二字音注上，同爲「直追切」，皆爲澄母，音讀已無不同。由此可見，《廣韻》收字之漏，《集韻》補遺；明代「椎」、「搥」二字不僅在字形上爲另字之或體，於音讀上亦無差異。牙音部分，如第十一種情況倒數第七例及第五例，前者以脂韻溪母字「巋」與微韻見母字「鬼」相註，後者以脂韻群母字「匱」與微韻見母字「貴」相註。前者在《集韻》中亦作「苦軌切」，仍爲溪母音；《字彙》中尚作「古委切音癸」，與該例之上例「癸」、「鬼」二字互註的情況無異，顯然可由此明其梗概，即「巋」字當視作見母是矣。後者群母爲全濁聲母，清化後與見母同，始可與見母「貴」字相註。喉音部分，如第一種情況倒數第七例，以支韻疑母字「危」與脂韻爲母字「帷」相註，乃是牙音疑母與爲母合流的現象。同爲疑爲合流，尚有同種情況的末例，以支韻疑母字「僞」與脂韻爲母字「位」相註。第二種情況倒數第十七例，以支韻影母字「倚」與之韻喻母字「以」相註，係爲影喻合流。第三種情況倒數第十二例，以支韻喻母字「蠵」與微韻爲母字「韋」相註，則是喻爲合流。第三種情況倒數第十一例，以支韻影母字「委」與微韻爲母字「偉」相註，是爲影母與爲母的合流。同係影爲合流，尚有第十七種情況倒數第三例，以之韻爲母字「矣」與支韻影母字「倚」相註。第四種情況首例，以支韻曉母字「睢」與齊韻匣母字「攜」相註，匣母爲全濁聲母，顯然已經清化，始與曉同。

聲調方面，如第一種情況倒數第十九例，以支韻並母上聲字「被」與脂韻並母去聲字「備」相註，顯示全濁上聲字已變爲去聲字的徵象。同爲濁上歸去，尚有第四種情況倒數第四例，以支韻並母去聲字「避」與齊韻並母上聲字「陛」相註；第九種情況倒數第九例，以脂韻神母去聲字「示」與支韻禪母上聲字「是」相註；倒數第八例，以脂韻並母去聲字「備」與支韻並母上聲字「避」相註。由以上諸例，可見全濁上聲字變爲去聲之狀態於時音中正在進行。

微類韻字與註音字間，若不計同部相註，則異部相註約有五種情況，茲表列說明。

表 2-10 微類異部相註

①韻字微－註音字支

韻　字	註音字	擬　音	註音形式
巍	危	-iuε	
犪	危	-iuε	
虺	毀	-iuε	
魏	僞	-iuε	
俍	倚	-iε	
扆	倚	-iε	
餏	戲	-iε	
憘	戲	-iε	
毅	義	-iε	

②韻字微－註音字脂

韻　字	註音字	擬　音	註音形式
微	惟	-iue	
沂	夷	-ie	
氣	器	-ie	

③韻字微－註音字之

韻　字	註音字	擬　音	註音形式
畿	其	-i$\mathrm{\ni}$	
祈	其	-i$\mathrm{\ni}$	
碕	其	-i$\mathrm{\ni}$	
頎	其	-i$\mathrm{\ni}$	
幾	紀	-i$\mathrm{\ni}$	
璣	記	-i$\mathrm{\ni}$	
衣	意	-i$\mathrm{\ni}$	

④韻字微－註音字齊

韻　字	註音字	擬　音	註音形式
幾	雞	-iei	
鐖	雞	-iei	
機	雞	-iei	
歸	圭	-iuei	
騩	圭	-iuei	

貴	桂	-iuei	
既	計	-iei	
溉	計	-iei	

⑤韻字微－註音字灰

韻　字	註音字	擬　音	註音形式
諱	悔	-uəi	
卉	悔	-uəi	

微類本身僅含微韻，微韻兼備開合，是以其註音字除無合口音的之韻外，亦大略分爲開合二類。前文已明，支脂之三韻無別，由此處益知支微二類亦不分也。微齊間僅主要元音不同，當微韻主要元音〔-ə-〕受前高元音〔-i-〕影響而高化，則與齊韻近同；前文亦述及支齊二類無異，支微不分，可推微齊無別。微灰二韻相註者皆曉母字，微韻二字咸擬爲〔xiuəi〕，受舌根聲母影響舌位後移，發音始與灰韻二字〔xuəi〕近同，是其理也。

聲母方面，微類大致仍以同聲母字相註，僅第二種情況前二例，首例以微韻微母字「微」與脂韻爲母字「惟」相註，後例以微韻疑母字「沂」與脂韻喻母字「夷」相註，顯然是零聲母化的結果。零聲母化的過程中，以微韻較晚，最早出現於徐孝《重訂司馬溫公等韻圖經》（1602），較李漁時代稍早，表示微韻在此時已有零聲母化的傾向。

齊類在去聲時收入祭韻，此爲與他類較大差異處，除此之外，韻字與註音字間，若不計同部相註，則異部相註多達十二種情況，茲表列說明。

表 2-11　齊類異部相註

①韻字齊－註音字支			
韻　字	註音字	擬　音	註音形式
倪	移	-iɛ	
鼙	皮	-iɛ	
膍	皮	-iɛ	
椑	皮	-iɛ	
甄	皮	-iɛ	
迷	麋	-iɛ	
泚	此	-iɛ	
洗	徙	-iɛ	

米	靡	-i̯ɛ	
陛	被	-i̯ɛ	
狴	被	-i̯ɛ	

②韻字齊－註音字脂

韻　字	註音字	擬　音	註音形式
圭	龜	-i̯ue	
驪	梨	-i̯e	
藜	梨	-i̯e	
犁	梨	-i̯e	
璨	梨	-i̯e	
鸝	梨	-i̯e	
堅	伊	-i̯e	
黳	伊	-i̯e	
剃	枇	-i̯e	
泥平	尼	-i̯e	
弟	地	-i̯e	
第	地	-i̯e	
契	棄	-i̯e	
泥去	膩	-i̯e	

③韻字齊－註音字之

韻　字	註音字	擬　音	註音形式
鷖	醫	-i̯ə	
繄	醫	-i̯ə	
禮	里	-i̯ə	
泥	你	-i̯ə	
禰	你	-i̯ə	
計	記	-i̯ə	
暳	意	-i̯ə	
翳	意	-i̯ə	

④韻字齊－註音字微

韻　字	註音字	擬　音	註音形式
醯	希	-i̯əi	
槣	希	-i̯əi	
洼	威	-i̯uəi	

桂	貴	-i̯uəi	

⑤韻字齊－註音字灰

韻　字	註音字	擬　音	註音形式
暌	魁	-uəi	

⑥韻字齊－註音字祭

韻　字	註音字	擬　音	註音形式
霽	祭	-i̯ɛi	
濟	祭	-i̯ɛi	
劑	祭	-i̯ɛi	
齊	祭	-i̯ɛi	
皆	祭	-i̯ɛi	
懠	祭	-i̯ɛi	
閉	蔽	-i̯ɛi	
麗	例	-i̯ɛi	
儷	例	-i̯ɛi	
戾	例	-i̯ɛi	
薛	敝	-i̯ɛi	

⑦韻字祭－註音字支

韻　字	註音字	擬　音	註音形式
敝	避	-i̯ɛ	
偈	芰	-i̯ɛ	

⑧韻字祭－註音字脂

韻　字	註音字	擬　音	註音形式
袂	寐	-i̯e	
滯	治	-i̯e	
例	利	-i̯e	

⑨韻字祭－註音字之

韻　字	註音字	擬　音	註音形式
制	置	-i̯ə	

⑩韻字祭－註音字微

韻　字	註音字	擬　音	註音形式
衛	胃	-i̯uəi	
蹶	貴	-i̯uəi	

| 揭 | 氣 | -i̯əi | |
| 憩 | 氣 | -i̯əi | |

⑪韻字祭－註音字齊

韻　字	註音字	擬　音	註音形式
蔽	閉	-iei	
藝	詣	-iei	

⑫韻字祭－註音字灰

韻　字	註音字	擬　音	註音形式
歲	碎	-iuəi	

齊韻與支脂之微等韻間的關係已於前文闡明，此不贅言。齊韻包括開合，在第五種情況與灰韻相註的獨例中，係以溪母字「睽」、「魁」二字標音。溪母爲舌根聲母，帶動「睽」字圓唇性質的介音往後，音讀始與「魁」同。齊祭二韻互註者不在少數，二韻兼備開合，在異部相註之例中僅呈現祭韻開口字，二韻只在於主要元音的差異。然皆爲前元音，其異甚微，因此聽聞無別。祭韻亦與支脂之微等韻相註，當係齊類與支類和微類不分，又與祭韻無異，可推知祭韻與支類、微類亦有相合之處。祭韻與支類三韻中，主要元音相近，當以祭韻細音韻尾消弱，始可相註。祭韻與微韻的相註之例，展現齊祭相註無見之合口字，其與微韻間的關係，當與支類更近，只在於主要元音的差異。然微韻因舌尖前元音高化的結果，使主要元音前移並擡升，與祭韻無別。祭韻與灰韻相註的獨例中，各以心母字「歲」、「碎」標音，顯示「歲」已由撮口音變爲合口音，王力先生釋云：「在少數的韻攝裡，精系撮口字也變了合口。蟹止兩攝的精系撮口字一律變爲合口，如蟹攝的『脆』ts´i̯wɛi→ts´ui，『歲』si̯wɛi→sui……」〔註13〕是其理也。包括前述的支類與微類，支脂微祭爲三等，齊韻爲四等，然而在合口韻字上，已與灰韻合流，就韻攝而言，當係蟹攝一部分字進入止攝，王力先生云此現象乃爲蟹攝的主要元音是 ai 及其類似音，止攝的主要元音是 i 及其類似音（ei）〔註14〕的關係。

　　聲母方面，第一種情況首例，以齊韻疑母字「倪」與支韻喻母字「移」相註，是爲疑喻合流，同前述，此不贅。第二種情況倒數第六例，以齊韻滂母字

〔註13〕王力：《漢語史稿》（重排本）（北京：中華書局，2004）頁165。

〔註14〕王力：《漢語史稿》（重排本）（北京：中華書局，2004）頁188。

「剃」與脂韻並母字「枇」相註，顯然是並母清化的結果。同爲濁音清化，尚有第六種情況第三例，以齊韻從母字「劑」與祭韻精母字「祭」相註一例。第二種情況倒數第五例，以齊韻泥母字「泥」與脂韻娘母字「尼」相註，顯示泥母與娘母的混同。同爲泥娘合流，尚有同種情況末例，同以「泥」字與娘母的「膩」相註一例。第九種情況獨例，以祭韻照母字「制」與之韻知母字「置」相註，顯示知照合流的傾向。

　　聲調方面，不若微類所有韻字及註音字皆配合得當，在第二種情況倒數第四例中，以齊韻定母上聲字「弟」與脂韻定母去聲字「地」相註，顯示全濁上聲字變爲去聲字的情況。此例下，以兩個去聲字「第」、「地」相註，即可證「弟」於當時時音已讀去聲。

　　灰類包括灰哈二韻，在去聲時收入廢韻，此爲與他類較大差異處，除此之外，韻字與註音字間，若不計同部相註，則異部相註有十五種情況，茲表列說明。

表 2-12　灰類異部相註

①韻字灰－註音字支			
韻　字	註音字	擬　音	註音形式
猥	委	-iuɛ̃	
椳	委	-iuɛ̃	
隗	委	-iuɛ̃	委上聲

②韻字灰－註音字脂			
韻　字	註音字	擬　音	註音形式
雷	壨	-iue	
磊	壨	-iue	
倅	翠	-iue	
晬	醉	-iue	

③韻字灰－註音字微			
韻　字	註音字	擬　音	註音形式
灰	揮	-iuəi	
嵬	巍	-iuəi	
憒	貴	-iuəi	

④韻字灰－註音字齊

韻　字	註音字	擬　音	註音形式
瑰	圭	-iuei	
傀	圭	-iuei	

⑤韻字灰－註音字咍

韻　字	註音字	擬　音	註音形式
臺	苔	-əi	
腿	台	-əi	叶台上聲
焙	倍	-əi	
北	倍	-əi	
邶	倍	-əi	
佩	倍	-əi	
背	倍	-əi	
誖	倍	-əi	

⑥韻字咍－註音字之

韻　字	註音字	擬　音	註音形式
莅	恥	-iə̯	磊。又音恥

⑦韻字咍－註音字灰

韻　字	註音字	擬　音	註音形式
倍上	杯	-uəi	叶杯上聲
莅	磊	-uəi	磊。又音恥
倍去	佩	-uəi	
戴	碓	-uəi	
賚	來	-uəi	

⑧韻字灰－註音字祭

韻　字	註音字	擬　音	註音形式
碎	歲	-iuɛi̯	
誶	歲	-iuɛi̯	

⑨韻字灰－註音字泰

韻　字	註音字	擬　音	註音形式
隊	兌	-uɑi	
憝	兌	-uɑi	
潙	會	-uɑi	

潰	會	-uɑi	
配	沛	-ɑi	
妃	沛	-ɑi	

⑩韻字灰－註音字夬

韻　字	註音字	擬　　音	註音形式
塊	快	-uai	

⑪韻字灰－註音字廢

韻　字	註音字	擬　　音	註音形式
磑	穢	-iuɐi	

⑫韻字咍－註音字泰

韻　字	註音字	擬　　音	註音形式
靉	藹	-ɑi	
貸	大	-ɑi	
態	太	-ɑi	
概	丐	-ɑi	
溉	丐	-ɑi	
槩	丐	-ɑi	
礙	艾	-ɑi	
耐	奈	-ɑi	

⑬韻字廢－註音字支

韻　字	註音字	擬　　音	註音形式
乂	義	-iɛ̯	
刈	義	-iɛ̯	

⑭韻字廢－註音字微

韻　字	註音字	擬　　音	註音形式
廢	費	-iuəi̯	
吠	沸	-iuəi̯	

⑮韻字廢－註音字灰

韻　字	註音字	擬　　音	註音形式
喙	誨	-uəi̯	

灰韻與支類、微類、齊類諸韻間，音韻關係已於前文說明，茲不贅。灰咍之間，爲開合互補之二韻，理論上來說，當不可互註，然由第五種情況及第七

種情況諸例中，可見灰咍二韻間的開合分野逐漸湮滅，始可爲註。灰咍互註諸例中，大致以唇音字爲互註對象。唇音聲母遇灰韻的合口成份，當排斥而異化，因此合口成份消失，音讀便與咍韻字同。同樣的情況亦出現於灰泰二韻，第九種情況中有二例唇音字以泰韻開口字註灰韻合口字，亦然。灰夬二韻音節結構相似，主要元音不同，發音無太大差異。灰廢二韻互註有二例，同前文引王力先生語，蟹攝精系撮口字一律變爲合口，因此得以相註。咍泰二韻不若灰泰關係，純粹以泰韻開口字爲咍韻字註音，亦著眼於主要元音發音部位相近之因。廢韻與支微灰三韻相註，在《廣韻》中，廢韻兼備開合，開口韻僅小韻字「刈」及其下韻字，而「刈」、「乂」二字恰爲支韻「義」註音字。廢支二韻得以相註，當以廢韻細音韻尾消弱之故，加以二韻主要元音發音部位相近，又同受前高元音〔-i-〕影響而高化，當更近同。廢微二韻在主要元音上稍有差異，然仍不礙因發音部位相近而使音讀近同之果。

聲母方面，第一種情況末例，以灰韻疑母字「隗」與支韻影母字「委」相註，代表舌根與喉音聲母的合流。同爲影疑合流，尚有第十一種情況獨例，以灰韻疑母字「磑」與廢韻影母字「穢」相註一例。第五種情況第四例，以灰韻幫母字「北」與咍韻並母字「倍」相註，顯示並母已然清化。同爲濁音清化，尚有第七種情況首例，以咍韻並母字「倍」與灰韻幫母字「杯」相註；第十二種情況第二例，以咍韻透母字「貸」與泰韻定母字「大」相註；第十四種情況末例，以廢韻奉母字「吠」與微韻非母字「沸」相註等三例。第六種情況獨例，以咍韻穿母字「茝」與之韻徹母字「恥」相註，顯然是照系三等與知系的混同。「茝」字據其註音方式，尚具他音，該音當視爲又音。第十四種情況首例，以廢韻非母字「廢」與微韻敷母字「費」相註，呈現非敷合流的結果。

聲調方面，第五種情況中以咍韻並母上聲字「倍」爲註音字者眾，然全爲去聲字，顯然是因全濁聲母上聲字讀爲去聲之關係。同爲濁上歸去，尚有第七種情況第三例，「倍」爲韻字，卻以去聲字「佩」爲其註音，且該字不如《廣韻》僅具上聲音，並入十灰去聲部，顯示「倍」讀如去聲在當時已是一個相當普遍的現象；第九種情況第三例，以灰韻匣母上聲字「潰」與泰韻匣母去聲字「會」相註等二例。

泰類本身爲一去聲韻部，韻字本少，且應爲獨用之韻，然《笠翁詩韻》中，尚包括灰咍廢等韻字，此爲與他類較大差異處，除此之外，韻字與註音字間，

將異部相註及非泰韻者及其註列出，則有九種情況，茲表列說明。

表 2-13　泰類異部相註

①韻字泰－註音字脂			
韻　字	註音字	擬　音	註音形式
最	醉	-ĵue	

②韻字泰－註音字齊			
韻　字	註音字	擬　音	註音形式
會	惠	-iuei	

③韻字泰－註音字灰			
韻　字	註音字	擬　音	註音形式
沛	配	-uəi	
貝	背	-uəi	
兌	隊	-uəi	
噲	悔	-uəi	
翽	誨	-uəi	
外	煨	-uəi	叶煨去聲
酹	雷	-uəi	雷去聲
蛻	退	-uəi	
眛	昧	-uəi	

④韻字泰－註音字咍			
韻　字	註音字	擬　音	註音形式
藹	愛	-əi	
藹	愛	-əi	
餲	愛	-əi	
艾	礙	-əi	
帶	戴	-əi	
害	亥	-əi	
奈	耐	-əi	
大	代	-əi	
斾	倍	-əi	
愒	慨	-əi	
蔡	采	-əi	

⑤韻字泰－註音字廢

韻　字	註音字	擬　音	註音形式
薈	穢	-iuɐi	
濊	穢	-iuɐi	

⑥韻字咍－註音字泰

韻　字	註音字	擬　音	註音形式
賚	酹	-uɑi	

⑦韻字咍－註音字咍

韻　字	註音字	擬　音	註音形式
嘅	慨	-ie	

⑧韻字灰－註音字灰

韻　字	註音字	擬　音	註音形式
眛	妹	-uəi	

⑨韻字廢－註音字廢

韻　字	註音字	擬　音	註音形式
肺	廢	-iuɐi	

泰韻兼備開合，在表中與註音字間所呈現亦是如此，且與脂齊灰咍等韻間的音韻關係，已於前文說明，茲不贅。泰廢二韻有合口與撮口的區別，二韻既能相註，顯示其間界線逐漸消弭。此外，李漁將咍灰廢等韻字入於泰類，不入本類，更是呈顯這些韻字於時音中已無分別。

　　聲母方面，泰類大多爲同聲母字互註，僅二例有異。第三種情況第六例，以泰韻疑母字「外」與灰韻影母字「煨」相註，顯示疑影合流，即零聲母狀態。第九種情況獨例，以廢韻敷母字「肺」與同韻非母字「廢」相註，則顯示非敷合流的傾向。

　　聲調方面，第四種情況第六例，以泰韻匣母去聲字「害」與咍韻匣母上聲字「亥」相註，顯然係因濁音清化。同理，同類情況倒數第三例，以泰韻並母去聲字「旆」與咍韻並母上聲字「倍」相註，亦然。

　　四支韻在詩韻上爲一寬韻韻部，使用作者眾，適用詩作亦多，相對五微、八齊及十灰等韻部較少成作，更不用說去聲的九泰，更是難於以平聲爲正的詩作中尋及。李漁詩作中，亦以四支韻作比例爲多，與他韻相叶的情況亦繁，微

齊灰次之，泰韻則完全不見獨用之例。諸韻通叶現象茲以合韻譜呈現如下。

表2-14　支微齊灰泰合韻譜〔註15〕

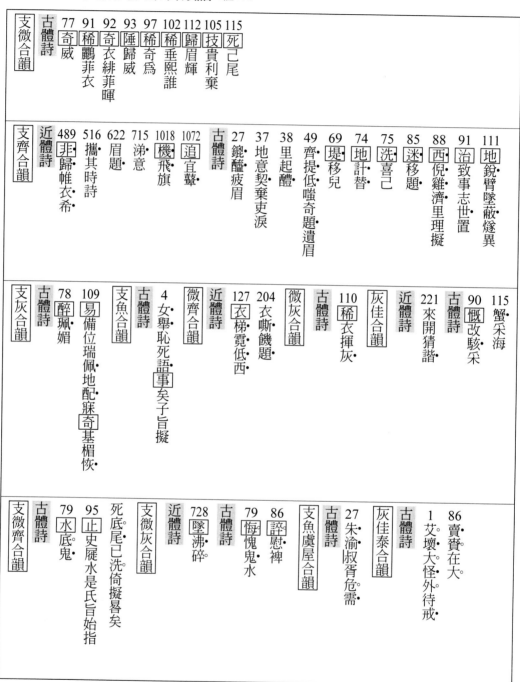

〔註15〕本合韻譜中，阿拉伯數字表本文〈李漁詩作韻字及歸部一覽表〉對李漁詩作之編號；方框者在近體詩中表首句入韻，在古體詩中表單數句入韻；首韻韻字不加任何標記，第二韻韻字加「·」，第三韻韻字加「。」，第四韻韻字加「｜」，第五韻韻字加「〉」。因本合韻譜至多有五韻通叶，較前合韻譜為複雜，故特此重申說明。

古體詩
73　密淅翼只

支質錫職合韻
古體詩
贅沸愧諱媚桂氣吠爲喙屬。

32　會閉泥意例異忌議慧昧晦罪地
古體詩

支微齊灰泰合韻
98　[醉]崇贅沸吠地

58　事刺四字至駟‧二鼓至嗣自鬢翠瑞對未‧醉
諱累嗣廁崇輩背費遂諱魅稚瑞類避

9　事思是致四二忌試治熾屬至利地
古體詩

支微齊灰合韻

合韻譜所展示出來的，即爲韻字與註音字實際操作的結果。在韻字與註音字所具備的語音關係中，亦得見於合韻譜，顯示支微齊灰及去聲泰類諸韻，語音上的關係已因時空更迭而密近，是以不僅在製韻時能以時音表達音讀，作詩時亦可相互參用，以通情達意。

在支類中，見及支魚虞三韻相註者，無獨有偶，亦於李詩中尋及，編號4〈古從軍別〉以「女舉恥死語事矣子旨擬」等字相押，編號 27〈懷朱建三〉以「朱渝胥危需」等字相押。古詩押韻雖較近體爲寬，然可由此印證三韻間確有音讀上的關係。支魚及支虞二韻之間但有展唇與圓唇的差別，如「女舉語」三字在各方言點中，以圓唇音爲多，僅西安「女」字白讀爲 mi，梅縣讀爲 ŋ，陽江讀爲 nei；「舉」字僅梅縣讀爲 ki，潮州讀爲 kɯ；「語」字僅梅縣讀爲 n̩，陽江讀爲 ji，潮州讀爲 gu，與李漁鄉音均有一段差距，此外詩作、韻字註音字亦少，難以斷定二韻間確有音韻關係，抑或爲方音上的偶叶，容待後文論及魚虞二類時再行深入說明。至於屋韻「叔」字，顯示係因其入聲韻尾消亡，始得相押。前文處理韻字及註音字時，發現以入聲術韻及職韻註支類韻字之例，於李漁詩作中，亦見支質錫職通叶之象，出現於李詩編號 73〈鎮江舟中看雪歌〉一詩，以「密淅翼只」四字通叶。術韻及錫韻韻尾皆收舌根塞音〔-k〕，質韻韻尾收舌尖塞音〔-t〕，能相叶的主要原因，當是韻尾弱化爲喉塞音〔-ʔ〕或完全消亡，始能爲註，並於詩作通叶。詩作具備，卻不見於韻字與註音字互註情況者，非與佳類相叶之例莫屬。與佳類叶者，灰類三首，灰泰二首，顯示在語音上亦趨近同。須注意者，與佳類相叶之例中，全然爲

佳類中的皆韻，與灰韻中的咍韻，足證《中原音韻》將咍、皆二韻統爲「皆來韻」之密近關係。然而，佳類與麻類關係上更爲切近，故佳類與他韻間的關係，容待後文再續。

（四）魚、虞二類

上平六魚／六語／六御：包括《廣韻》韻目魚〔-i̯o〕、陌〔-i̯ak〕

上平七虞／七麌／七遇：包括《廣韻》韻目虞〔-i̯u〕、模〔-u〕、燭〔-i̯uk〕

《廣韻》系統中，魚獨用，虞、模同用；《笠翁詩韻》亦襲該法，將魚韻獨立爲六魚，虞、模合稱爲七虞。較特出者，魚類中可見入聲陌韻字，虞類中則有入聲燭韻字，想必與前文所明韻尾消弱有關，凡此均待後文論及異部相註時統一說明。

魚類中如不計同部相註，則韻字與註音字間異部相註的情況約有四種，茲表列說明。

表 2-15　魚類異部相註

①韻字魚－註音字虞			
韻　字	註音字	擬　音	註音形式
初	芻	-i̯u	
鶵	刍	-i̯u	
居	俱	-i̯u	
渠	瞿	-i̯u	
胥	須	-i̯u	
樓	樞	-i̯u	
擄	樞	-i̯u	
璖	樞	-i̯u	
據	樞	-i̯u	
諸	朱	-i̯u	
蠩	朱	-i̯u	
除	廚	-i̯u	
墟	區	-i̯u	
祛	區	-i̯u	

嫹	區	-i̯u	
胠	區	-i̯u	
陆	區	-i̯u	
苴	租	-i̯u	
且	租	-i̯u	
菹	租	-i̯u	
紵	柱	-i̯u	
抒	柱	-i̯u	
佇	柱	-i̯u	
杼	柱	-i̯u	
宁	柱	-i̯u	
汝	乳	-i̯u	
貯	主	-i̯u	
楮	主	-i̯u	
舉	矩	-i̯u	
莒	矩	-i̯u	
據	句	-i̯u	
倨	句	-i̯u	
署	樹	-i̯u	
去	區	-i̯u	叶區去聲
著	注	-i̯u	
翥	注	-i̯u	
疏	數	-i̯u	
絮	須	-i̯u	叶須去聲
茹	儒	-i̯u	叶儒去聲
助	胙	-i̯u	
沮	聚	-i̯u	

②韻字魚－註音字支

韻　字	註音字	擬　音	註音形式
徐	隨	-i̯uɛ	
處	吹	-i̯uɛ	叶吹去聲

③韻字魚－註音字戈

韻　字	註音字	擬　音	註音形式
所	瑣	-uɑ	

韻　字	註音字	擬　音	註音形式
④韻字陌－註音字魚			
劇	倨	-io̯	

魚類僅包括魚韻，該韻與虞韻通叶之例甚多，其因在於二韻均爲開尾韻，三等韻有〔-i-〕介音，其後之主要元音咸爲舌面後圓唇元音，僅舌位高低上的微小差異，在聽聞之中顯然難以辨別。前文已明，支類韻字得一例與虞韻相註者，此處第二種情況恰爲支魚二韻相註之例。雖非如支類中與虞韻相叶，然由魚虞二韻互註之例甚多，顯然難以分判看來，亦可適用於支魚二韻中。二韻字皆擬爲〔-io̯〕，與支韻註音字的主要元音差異不大，較大的不同在於韻尾〔-ɛ-〕的有無。此外，支類一例爲照母字，魚類二例中，末例同爲照母字，另例爲邪母字，顯見支魚二類合韻似乎僅於齒音中進行。事實上，《漢語方音字匯》各方言點中，雙峰讀「隨」爲〔dʑy〕或〔dy〕，廣州讀爲〔tʃ'øy〕，建甌舊讀爲〔tsy〕新讀爲〔sy〕；廣州亦讀「追」字爲〔tʃøy〕，建甌則讀爲〔ty〕。由此可見支韻入於魚韻的狀態在各方言中多少可見，卻並未特出於吳方言中。至於通泰方言，隨、吹二字亦有讀爲魚韻的情況，如「隨」字，如皋讀爲〔tɕ'y〕，海安、東台、姜堰等地皆同，大丰亦以魚韻爲結，然發音上稍有不同，是爲〔çy〕。值得注意的是，這些魚韻音於通泰一地均爲該字之白話音或又音，顯然表露了支韻入魚係爲方音特色的傾向。據顧黔先生研究通泰方言的意見，「支微入魚」乃是通泰一區相當普遍的語音現象，且「數量頗多」﹝註16﹞，照理說來，此種普遍應當表現於李漁製韻與詩文創作中，然而，此處例證不多，故仍舊難以藉此論定支魚二類通叶是方音上的偶叶，還是語音演變中的過程，有待後續證據補苴。第三種情況中，魚戈二韻相註者有一例，對於魚戈二韻間的關係，以汪榮寶〈歌戈魚虞模古讀考〉一文考辨爲詳。汪文以俄國漢學家鋼和泰（A.Vonstael-Holwtein）所提出的方法，證明歌戈韻在唐宋以前讀〔-a-〕音，不讀〔-o-〕音；魏晉以前，魚虞模韻讀〔-a-〕音，不讀〔-u-〕音或〔-ü-〕音。﹝註17﹞其時雖未及明清，然由李漁以戈韻字爲魚韻字之註音字看來，當係古音遺跡，留存在方音當中。第四種情況獨例，以

﹝註16﹞顧黔：《通泰方言音韻研究》（南京：南京大學出版社，2001）頁68。

﹝註17﹞汪榮寶：〈歌戈魚虞模古讀考〉，《國學季刊》（台北：學生書局，1967）第一卷第二號，頁241～263。

入聲陌韻字「劇」與魚韻字「倨」相註，顯然其舌根塞音韻尾〔-k〕已經消亡，始與陰聲字同。

聲母方面，大部分仍以同聲母字相註爲主，聲母相異者，如第一種情況第六例至第九例，韻字皆爲魚韻徹母字，並同以虞韻穿母字「樞」爲註音字，顯示照系三等與知系的合流。同爲知照合流，尚有同種情況倒數第七例，以魚韻知母字「著」與虞韻照母字「注」相註；倒數第十四例，以魚韻徹母字「楮」與虞韻照母字「主」相註；倒數第十五，以魚韻知母字「貯」與虞韻照母字「主」相註三例。第一種情況倒數第八例，以魚韻群母「去」與虞韻溪母字「區」相註，顯示濁音聲母已經清化的傾向。同爲濁音清化，尚有第四種情況獨例，以陌韻群母字與魚韻見母字「倨」相註一例。第三種情況獨例，以魚韻疏母字「所」與戈韻心母字「瑣」相註，則是呈現精系與照二系的混同，即精莊合流。

虞類中如不計同部相註，則韻字與註音字間異部相註的情況約有六種，茲表列說明。

表 2-16　虞類異部相註

①韻字虞－註音字魚			
韻　字	註音字	擬　音	註音形式
芻	初	-i̯o	
于	魚	-i̯o	
俞	魚	-i̯o	
吁	虛	-i̯o	
儒	如	-i̯o	
嚅	如	-i̯o	
襦	如	-i̯o	
濡	如	-i̯o	
孺	如	-i̯o	
醹	如	-i̯o	
趨	蛆	-i̯o	
諏	疽	-i̯o	
娵	疽	-i̯o	

輸	書	-io̯	
陷	書	-io̯	
樞	樗	-io̯	
廚	除	-io̯	
拘	居	-io̯	
駒	居	-io̯	
跔	居	-io̯	
斠	居	-io̯	
痀	居	-io̯	
毹	疏	-io̯	
豎	所	-io̯	
數上	所	-io̯	
愈	與	-io̯	
窳	與	-io̯	
主	煮	-io̯	
乳上	汝	-io̯	
窶	炬	-io̯	
矩	舉	-io̯	
縷	呂	-io̯	
僂	呂	-io̯	
嫗	預	-io̯	
樹	署	-io̯	
句	倨	-io̯	
煦	虛	-io̯	
乳去	茹	-io̯	
孺	茹	-io̯	
足	沮	-io̯	
聚	墅	-io̯	
雨	預	-io̯	
數去	疏	-io̯	
住	筯	-io̯	
屢	慮	-io̯	

②韻字虞－註音字模

韻　字	註音字	擬　音	註音形式
雛	徂	-u	
觕	蒲	-u	

③韻字虞－註音字尤

韻　字	註音字	擬　音	註音形式
付	富	-i̯ou	

④韻字模－註音字虞

韻　字	註音字	擬　音	註音形式
鯺	區	-i̯u	
作	租	-i̯u	叶租去聲

⑤韻字模－註音字侯

韻　字	註音字	擬　音	註音形式
嫂	樓	-ou	
姥	母	-ou	

⑥韻字燭－註音字燭

韻　字	註音字	擬　音	註音形式
屬	属	-i̯uk	

　　虞類包括虞模二韻，亦以虞魚二韻間關係密近，如第一種情況所呈現，此已於前文說明，此不贅言。第二種情況與第四種情況則爲虞韻與模韻之相註，虞韻爲一合口三等韻，模韻則是合口一等韻，二者有細音上的差別，顯然兩種情況中的虞韻字皆失落了其細音成份，始與模同。第三種情況爲虞韻與尤韻之相註，第五種情況則是模韻與侯韻的相註，就攝而言，皆爲遇流二攝間的關係。遇流二攝自唐以來即有相混之跡，如唐代張說〈賽江文〉即叶「土主雨畝庾祜浦」等韻字，王勃〈益州德陽縣善寂寺碑〉則叶「母矩土祚」等韻字；時至《中原音韻》，「富」、「母」二字皆入魚模韻；《詩韻輯略》中，「富」入六御「古叶」部分，「母」入七麌「古叶」部分，惟二字尚可見於本部；《笠翁詩韻》亦爲二部互見。由此可知，「富」、「母」二字於李漁時代產生一音二讀的情況，李漁一來爲保持原有音讀，二來要記錄當時發聲，因而選擇製韻時並現此二種讀音。第六種情況係將入聲燭韻字「屬」當韻字置入虞類中，而其註音字「属」亦爲入聲燭韻。二字與虞類的最大差異在於舌根塞音韻尾〔-k〕，李漁既將該字視

爲陰聲韻字，則其韻尾當已消亡，因此可入虞類。

聲母部分，第一種情況第二例，以虞韻爲母字「于」與魚韻疑母字「魚」相註，乃爲母與疑母的合流。同種情況第三例，則以「魚」字與虞韻喻母字「俞」相註，是爲疑母與喻母的合流。從此二例的系聯中，可見爲喻二母亦已合流無別。同爲喉音聲母的合流，尚有同種情況倒數第四例，以虞韻爲母字「雨」與魚韻喻母字「預」相註；倒數第十二例，以虞韻影母字「嫗」與魚韻喻母字「喻」相註二例。至此，則除疑、爲、喻三母外，影母亦入同流。第一種情況第十六例，以虞韻穿母字「樞」與魚韻徹母字「樗」相註，顯示照系三等與知系合流的傾向。第一種情況倒數第二十四例，以虞韻禪母字「豎」與魚韻疏母字「所」相註，是爲禪母與疏母的合流。禪母爲一全濁聲母，先經歷過〔ʒ-〕，仄聲再清化爲〔ʃ-〕；疏母不分平仄皆轉變爲〔ʃ-〕。二者能夠相註，顯然在李漁時期均以〔ʃ-〕爲其聲母音讀。照系二等與三等的合流由來已久，當自十世紀守溫三十六字母時，即有照系三等併入二等之狀況。第二種情況首例，以虞韻牀母字「雛」與模韻從母字「徂」相註，顯示照系二等與精系的混同，即精莊合流。第一種情況倒數第十四例，以虞韻群母字「窶」與魚韻見母字「炬」相註，顯示全濁聲母的清化。同爲濁音清化，尚有同種情況倒數第六例，以虞韻精母字「足」與魚韻從母字「沮」相註一例。

六魚韻在詩韻上，王力先生認爲係一中韻韻部，未若寬韻的七虞使用廣泛。前文已明韻字與註音字間六魚與七虞之密近關係，前人詩作中亦呈現大量二韻通叶現象，李漁詩作中，魚韻近體獨押者凡二十六首，古體凡十首；虞韻近體獨押者凡三十首，古體凡十八首，其使用情況並不如王力先生所言爲一寬韻或中韻所該有的詩作數量。至於魚虞二類通叶者，近體凡三首，古體凡十五首；又與支屋二韻通叶者，計古體一首；前文所述與支韻通叶者，亦計一首。諸韻通叶現象茲以合韻譜呈現如下。

表2-17 魚虞二類合韻譜

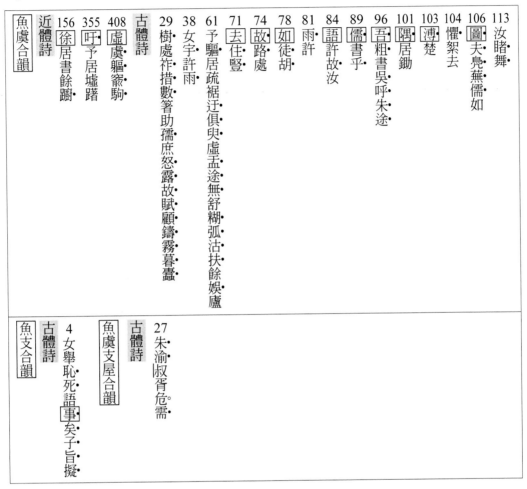

合韻譜呈現魚虞二類通叶情形，足佐證前述魚虞二類韻字與註音字間的密切關係其來有自，於實際詩文寫作中即為互相通押的狀態。在「魚虞合韻」中，可注意者為「書」字，該字於近體及古體皆有用為韻字之例，如近體編號156，古體編號89及96。在編號156〈內子與側室并不宜男因信堪輿家言改設二榻榻成索詩予令隨口限韻內子曰予徐姓姬曹姓即以二姓為韻可也走筆應之〉一詩，以「徐居書餘躕〔註18〕」五字相押，其中僅「躕」字為虞韻；編號89〈大宗伯龔芝麓先生輓歌〉一詩，以「儒書乎」三字相押，其中僅「書」字為魚韻；編號96〈贈許茗車〉一詩，以「吾粗書吳呼朱途」七字相押，其中亦僅

〔註18〕該詩句為「占定莫躕躇」，於李詩中書為「躕」，然《笠翁詩韻‧六魚》於「躇」字條下云：「除。躕一。」案《笠翁詩韻》中認定「躕躇」之「躇」，而非「躕躇」。《笠翁詩韻‧七虞》於「躕」字條下云：「廚。行不進。」未造詞。除後人誤植的情況可堪考慮之外，此詩成為魚虞通押，或可視為李漁作詩與造韻矛盾之處。

「書」字爲魚韻。由此可見，李漁顯然於近體詩作中刻意遵守格律規範，然在古體詩作中則將時音狀況如實呈現出來，因此魚韻的「書」與大部分虞韻韻字可相押。魚支合韻及魚虞支屋合韻已於前文支類論及，不贅。

（五）真、文、元、寒、刪、先六類

上平十一眞／十一軫／十二震：包括《廣韻》韻目眞〔-i̯en〕、諄〔-i̯uen〕、臻〔-en〕

上平十二文／十二吻／十三問：包括《廣韻》韻目文〔-i̯uen〕、欣〔-i̯ən〕

上平十三元／十三阮／十四願：包括《廣韻》韻目元〔-i̯uɐn〕、魂〔-uən〕、痕〔-ən〕

上平十四寒／十四旱／十五翰：包括《廣韻》韻目寒〔-ɑn〕、桓〔-uɑn〕

上平十五刪／十五潸／十六諫：包括《廣韻》韻目刪〔-an〕、〔-uan〕、山〔-ɐn〕、〔-uɐn〕

下平一先／十六銑／十七霰：包括《廣韻》韻目先〔-ien〕、〔-iuen〕、仙〔-i̯ɛn〕、〔-i̯uɛn〕

《廣韻》系統中，眞、諄、臻同用，文、欣同用；《笠翁詩韻》亦沿平水韻作法，將眞、諄、臻三韻合併爲十一眞，文、欣二韻合併爲十二文。就攝而言，此五韻皆在臻攝之下。

眞類中如不計同部相註，則韻字與註音字間的關係，約可分爲八種情況，茲表列說明。

表 2-18　真類異部相註

①韻字真－註音字欣			
韻　字	註音字	擬　音	註音形式
墐	勤	-i̯ən	
覺	欣	-i̯ən	叶欣去聲
螶	欣	-i̯ən	欣去聲

②韻字真－註音字清

韻　字	註音字	擬　音	註音形式
盡	淨	-i̯ɛŋ	

③韻字真－註音字青

韻　字	註音字	擬　音	註音形式
親	青	-i̯ɛŋ	叶青去聲

④韻字真－註音字蒸

韻　字	註音字	擬　音	註音形式
胤	孕	-i̯əŋ	

⑤韻字真－註音字侵

韻　字	註音字	擬　音	註音形式
親	侵	-i̯əm	
紉	諗	-i̯əm	
哂	審	-i̯əm	
緊	錦	-i̯əm	
愼	甚	-i̯əm	

⑥韻字諄－註音字真

韻　字	註音字	擬　音	註音形式
諄	珍	-i̯en	
唇	辰	-i̯en	
漘	辰	-i̯en	
尹	引	-i̯en	

⑦韻字諄－註音字文

韻　字	註音字	擬　音	註音形式
匀	云	-i̯uən	
稴	氳	-i̯uən	
囷	君	-i̯uən	
窘	君	-i̯uən	君上聲

⑧韻字諄－註音字魂

韻　字	註音字	擬　音	註音形式
撰	存	-uən	
遵	尊	-uən	

由上表可知，眞、諄、臻三韻中，僅臻韻韻字全與本韻相註。首先，由第三至第六四種情況則可看出，眞韻註音字更是囊括以舌根鼻音爲主之梗、曾攝字，及以雙唇鼻音爲主之深攝字，此結果所代表之意義不言而喻，當是三組鼻音韻尾已有混同的跡象。四種情況中，前三者爲舌尖鼻音與舌根鼻音之相註，末者爲舌尖鼻音與雙唇鼻音之相註，且其數較前三者爲多。至於梗、曾及深攝之註音字是否一如臻攝，互有摻雜，則容待後文再敘。其次，除了第六與第八種情況外，大部分韻字與註音字間主要元音的變化，取決於其發音部位的相近甚而相同。第三，在第六種情況中，第一例以知照相配，第二例與第三例以神禪相配，說明知系與照系不僅於上古音時關係近密，於此時亦然；知照合流、神禪合流的現象則與官話系統一致。

此外，上表無以得見的是聲調方面的演變，眞韻上聲字「盡」以清韻去聲字「淨」註音，而「盡」字亦爲眞韻去聲字「燼」及「贐」註音。「盡」爲從母，屬全濁音，由該字以他韻去聲字註音及爲本韻去聲字註音二者看來，顯示其正朝「濁上歸去」的路線邁進。又，眞韻上聲字「牝」以同韻去聲字「殯」註音，「牝」爲並母字，雖無法如「盡」字一般於去聲中發現爲他字註音，然同理可證，該字於當時想必已讀爲去聲。

文類較眞類單純，雖僅含文、欣二韻，然與他韻異部相註的情況卻只有欣韻，如「韻字欣－註音字眞」及「韻字欣－註音字侵」兩種情況，茲以表列說明。

表 2-19　文類異部相註

①韻字欣－註音字真			
韻　字	註音字	擬　音	註音形式
蒑	因	-ien	
磤	因	-ien	
殷	因	-ien	
慇	因	-ien	
濦	因	-ien	
斤	因	-ien	
慭	因	-ien	
隱	引	-ien	
隱	印	-ien	

②韻字欣－註音字侵			
韻　字	註音字	擬　音	註音形式
謹	錦	-i̯əm	

欣韻本為小韻，韻字極乏，平聲最多，李漁所收也不過十有四字。在此些寥寥可數的韻字中，近半以眞韻字為註音字，其理由當係主要元音發音部位相近。眞韻主要元音為〔-e-〕，欣韻則為〔-ə-〕；後者為央元音，受前高元音影響，發音時高化，而與眞韻相類。除此之外，則是欣韻與侵韻的相配。欣韻與侵韻最大的不同點在於前者為舌尖鼻音韻尾，後者為雙唇鼻音韻尾，此處以侵韻「錦」字為欣韻「謹」字註音，顯然其韻尾已合流。前述眞類中，亦得見以侵韻「錦」字為眞韻「緊」字之註音字，由此觀之，則眞、欣二韻於當時已然無別。

　　《廣韻》系統中，元、魂、痕三韻同用；《笠翁詩韻》亦沿平水韻作法，將元、魂、痕三韻併為十三元。就攝而言，乃將此三韻拆開，將魂、痕二韻與元韻分別歸入臻攝與山攝，此舉於晚唐五代韻圖中即有所見，乃以痕配眞、魂配諄，而元配山，今以《笠翁詩韻》中韻字及註音字間的關係一探究竟。若不計同部相註，則元類異部相註約有十種情況，茲表列說明。

表 2-20 元類異部相註

①韻字元－註音字先			
韻　字	註音字	擬　音	註音形式
鞬	堅	-ien	
鍵	堅	-ien	
犍	堅	-ien	
攓	堅	-ien	
建	見	-ien	
鄾	宴	-ien	
堰	宴	-ien	
②韻字元－註音字仙			
韻　字	註音字	擬　音	註音形式
言	延	-i̯ɛn	
偃	演	-i̯ɛn	
巘	碾	-i̯ɛn	

蹇	遣	-i̯ɛn	
建	遣	-i̯ɛn	
健	件	-i̯ɛn	
圈上	倦	-i̯uɛn	
圈去	倦	-i̯uɛn	
遠	院	-i̯uɛn	
瑗	院	-i̯uɛn	

③韻字元－註音字凡

韻　字	註音字	擬　音	註音形式
飯	犯	-i̯uan	

④韻字魂－註音字真

韻　字	註音字	擬　音	註音形式
麐	因	-i̯en	

⑤韻字魂－註音字諄

韻　字	註音字	擬　音	註音形式
侖	倫	-i̯uen	
崙	倫	-i̯uen	
輪	倫	-i̯uen	
掄	倫	-i̯uen	
論	倫	-i̯uen	倫去聲

⑥韻字魂－註音字痕

韻　字	註音字	擬　音	註音形式
啍	吞	-ən	
焞	吞	-ən	
暾	吞	-ən	

⑦韻字痕－註音字真

韻　字	註音字	擬　音	註音形式
恩	茵	-i̯en	

⑧韻字痕－註音字魂

韻　字	註音字	擬　音	註音形式
吞	暾	-uən	

⑨韻字痕－註音字庚

韻　字	註音字	擬　音	註音形式
狠	亨	-aŋ	叶亨上聲

⑩韻字痕－註音字登			
韻　字	註音字	擬　音	註音形式
艮	亙	-əŋ	

首先，由表中可清楚看出元類三韻與臻攝、山攝的關係。第一及第二種情況為元韻與先、仙二韻註音字的相配，第四、第五及第七種情況則為魂、痕二韻與真、諄二韻的相配。此現象不僅符合韻圖對韻目的配置，亦說明語音系統上元韻與山攝為近，而魂、痕二韻則同臻攝為密。其次，因元韻主要元音為〔-ɐ-〕，受前高元音〔-i-〕影響而高化，因此始與〔-e-〕、〔-ɛ-〕等主要元音相近。第三，第二種情況「韻字元－註音字仙」諸例總分為二，末四例以元韻三等合口字恰與仙韻三等合口字相配，餘則為三等開口字。合口字中，群母「圈」字於上、去互見，然皆以去聲群母「倦」字為其註音，顯示濁上歸去的狀態。同樣為濁上歸去者，尚有第三種情況「韻字元－註音字凡」之例，奉母「犯」字為上聲字，以其為去聲字「飯」註音；同部相註之例中，則可見魂韻匣母去聲字「溷」以同韻匣母上聲字「混」註音。除此之外，該例亦為舌尖鼻音與雙唇鼻音的混同。同為鼻音韻尾的情況，第九與第十種情況則以痕韻與庚、登韻相配，為舌尖鼻音與舌根鼻音的混同。總共三例皆呈現鼻音韻尾的合流。可注意者，與庚韻相配韻字及註音字均為舌根聲母，因此帶動庚韻「亨」字主要元音發音部位往後挪移，使〔-a-〕為〔-ə-〕。第五種情況「韻字魂－註音字諄」與前述真類第八種情況「韻字諄－註音字魂」相同，真類中以精系字為主，此處則以來母字為主，正如王力先生云：「臻攝的精系撮口字一部分和來母撮口字一部分變為合口，例如『遵』tsǐuěn→tsun，『筍』sǐuěn→sun，『倫輪』lǐuěn→lun。」〔註19〕王力先生所析者與真、元二類情況相類，顯然其細音成分業已消失。第六種情況「韻字魂－註音字痕」首例，以透母字「吞」為定母字「噋」註音，顯示濁音已然清化。第七種情況「韻字痕－註音字真」雖僅一例，然可與前述文類第一種情況「韻字欣－註音字真」相較，二者皆以真韻影母字與其相配，主要元音發音部位相近，顯示真、欣、痕三韻影母字已經合流。

　　《廣韻》系統中，寒、桓二韻同用；《笠翁詩韻》亦沿平水韻作法，將寒、桓二韻併為十四寒。若不考同部相註，則寒類異部相註之情況有八，茲表列說

〔註19〕王力：《漢語史稿》（重排本）（北京：中華書局，2004）頁165。

明。

表 2-21　寒類異部相註

①韻字寒－註音字山			
韻　字	註音字	擬　音	註音形式
跚	山	-ɐn	
珊	山	-ɐn	
②韻字寒－註音字覃			
韻　字	註音字	擬　音	註音形式
難	南	-əm	
殘	蠶	-əm	
侃	坎	-əm	
衎	坎	-əm	
瓚	簪	-əm	叶簪上聲
看	勘	-əm	
③韻字寒－註音字談			
韻　字	註音字	擬　音	註音形式
懶	覽	-ɑm	
爛	濫	-ɑm	
瀾	濫	-ɑm	
斕	濫	-ɑm	
散	三	-ɑm	三去聲
④韻字桓－註音字魂			
韻　字	註音字	擬　音	註音形式
竄	寸	-uən	
⑤韻字桓－註音字元			
韻　字	註音字	擬　音	註音形式
盤	旛	-i̯uɐn	
⑥韻字桓－註音字刪			
韻　字	註音字	擬　音	註音形式
剜	灣	-uan	
漫	慢	-an	

⑦韻字桓－註音字覃

韻　字	註音字	擬　音	註音形式
攢	簪	-əm	
鑽	簪	-əm	叶簪去聲

⑧韻字桓－註音字登

韻　字	註音字	擬　音	註音形式
鍛	登	-əŋ	叶登去聲

　　寒、桓二韻皆有與咸攝字相配的情況，代表舌尖鼻音韻尾與雙唇鼻音韻尾的合流；桓韻字更有與登韻字相配之例，代表舌尖鼻音韻尾與舌根鼻音韻尾的混同。除鼻音韻尾合流外，寒類韻字與他韻韻字相配的情況亦多由於主要元音發音相近之因，值得注意者，第五種情況「韻字桓－註音字元」一例，乃以桓韻並母字「盤」與元韻奉母字「旛」相配，顯見輕重唇不分的傾向；再者，「盤」爲一等字，「旛」爲三等字，有細音成份上的差異，然二者卻可相配，說明至少細音成份的差異已消失，因而可以相配。此外，覃韻「簪」字不僅爲寒韻註音字，亦爲桓韻註音字。寒、桓二韻因開合互補之由，因此不見互註之例，可以理解；「簪」字卻互見於二韻之註音字中，實難釋疑。探求「攢」、「鑽」字音讀，自《廣韻》、《集韻》以下，至同時代的《字彙》、《正字通》諸書，至少收有二音，如《廣韻》；至多收有五音，如《正字通》。由這些音讀中，可以發現該字仍開合並存，寒桓互見，唯寒韻係「訟」義，桓韻爲「聚」義，以桓韻義始與《笠翁詩韻》合，亦本文選擇以桓韻爲「攢」、「鑽」二字音之由。基本上，覃韻僅開口字，無合口字。細究「簪」字音讀，雖除本文所列之覃韻外，尚有侵韻，然韻書及字書中無見合口成份；《漢語方音字匯》將該字列入覃韻，亦註曰：「①又側吟切，深開三平侵莊。②ₜs´eiŋ 白。③ₜs´ũã 白。」[註20] 書中雖未將發音地域標出，然由此線索，可見「簪」字確有合口音讀，因此寒桓互見。同樣以開合互註者尚有第六種情況與第八種情況。第六種情況「韻字桓－註音字刪」中，刪韻本身開合皆備，第二例卻以刪韻開口字「慢」爲桓韻合口字「漫」註音，實因後者唇音聲母影響，異化造成合口成份消失，因此讀與前者同。第八種情況「韻字桓－註音字登」，

〔註20〕北京大學中國語言文學系語言學教研室編：《漢語方音字匯》（第二版重排本）（北京：語文出版社，2003）頁233。

登韻本身雖開合兼備，然《廣韻》、《集韻》與同期詩韻書《詩韻輯略》中，「登」字未見合口音讀；後文將提及之《笠翁詩韻》登韻字與其註音字間的關係，亦未見「登」字以合口字註音者；然而，同期字書《字彙》與《正字通》皆書該字有東韻及陽韻音，《字彙》更明白表示「叶都籠切音東」，顯示「登」字確有合口音讀存在，李漁並忠實紀錄於《笠翁詩韻》中。

表中未見之處，如同部相註之例中，桓韻並母上聲字「伴」以同韻幫母去聲字「半」爲註音字，不僅呈顯濁上歸去的聲調狀態，亦爲濁音清化之另例。同爲濁上歸去者，尚有桓韻影母去聲字「換」以同韻影母上聲字「碗」爲註音字之例可爲證也。

《廣韻》系統中，刪、山二韻同用；《笠翁詩韻》亦沿平水韻作法，將刪、山二韻併爲十五刪。較爲可惜者，平聲部份有所殘缺，不僅論述可能未盡得作者之意，在詩作取韻上亦有風險，凡此皆筆者小心應對之處。若不考同部相註，則刪類異部相註之情況有十一，茲表列說明。

表 2-22　刪類異部相註

①韻字刪－註音字元			
韻　字	註音字	擬　音	註音形式
綰	琬	-iuɐn	
莞	琬	-iuɐn	

②韻字刪－註音字寒			
韻　字	註音字	擬　音	註音形式
姦	奸	-ɑn	
菅	奸	-ɑn	

③韻字刪－註音字桓			
韻　字	註音字	擬　音	註音形式
關	官	-uɑn	
綰	腕	-uɑn	

④韻字刪－註音字山			
韻　字	註音字	擬　音	註音形式
刪	山	-ɐn	
潸	山	-ɐn	
慣	幻	-uɐn	

| 患 | 幻 | -uan | |
| 宦 | 幻 | -uən | |

⑤韻字刪－註音字銜

韻　字	註音字	擬　音	註音形式
顏	岩	-am	

⑥韻字刪－註音字咸

韻　字	註音字	擬　音	註音形式
棧	湛	-ɐm	

⑦韻字山－註音字寒

韻　字	註音字	擬　音	註音形式
限	寒	-ɑn	叶寒上聲
莧	旱	-ɑn	
辦	捍	-ɑn	

⑧韻字山－註音字桓

韻　字	註音字	擬　音	註音形式
鰥	官	-uɑn	

⑨韻字山－註音字刪

韻　字	註音字	擬　音	註音形式
山	刪	-an	
覸	諫	-an	
間	諫	-an	
幻	患	-uan	

⑩韻字山－註音字仙

韻　字	註音字	擬　音	註音形式
眼	演	-iɛn	

⑪韻字山－註音字咸

韻　字	註音字	擬　音	註音形式
孱	讒	-ɐm	
綻	站	-ɐm	

刪、山二韻皆有與咸攝字相配的情況，除主要元音發音部位相近外，另方面
則呈現舌尖鼻音韻尾與雙唇鼻音韻尾合流的傾向。此外，除少數韻字與註音
字外，大部分皆以舌根及喉音聲母間的變化為主，如第一種情況中「莞－琬」

為「匣－影」、第四種情況中「慣－幻」為「見－匣」及第十種情況中「眼－
演」為「疑－喻」等例，實因其發音部位相近而產生異部相註現象。其中，
第十種情況「韻字山－註音字仙」僅一例，以仙韻喻母字「演」註山韻疑母
字「眼」，顯見零聲母化的傾向。可注意者，第七種情況「韻字山－註音字寒」
第三例，以寒韻匣母字「捍」為山韻並母字「辦」之註音字，細究「捍」字，
除寒韻外，尚有刪韻音，然二者均係匣母，無與並母相關音；追索「辦」字，
《廣韻》、《集韻》及同期《詩韻輯略》僅錄一音，《字彙》除該音外另錄一音
「又叶皮變切音卞」，卻仍與之無關；《漢語方音字匯》與《通泰方言音韻研
究》中，二字聲母為雙唇塞音與喉音，各地皆異，無二字同者。筆者以為，
並母與匣母皆為全濁音，倘若清化，則成幫母與曉母，二者發音部位仍遠，
不可能因清化而混同，若非傳抄之誤，則當為方音現象。此外，在非舌根聲
母為韻字與註音字的少數例中，第十一種情況「韻字山－註音字咸」末例，
以咸韻知母字「站」為山韻澄母字「綻」註音，除韻尾混同外，顯然「綻」
字已清化，始與「站」同。

第六種情況「韻字刪－註音字咸」以咸韻定母字「湛」為刪韻牀母字「棧」
之註音字，除表現出韻尾合流的態勢外，另方面則為聲母上的演變。「棧」字
於《廣韻》等韻書中尚可尋及他音，然聲母均為牀母不變；「湛」字於《廣韻》
中得有二音，另音為侵韻平聲，故本文不錄；《集韻》中多至十三音，包括知
母、精母、牀母、定母及澄母等音；《詩韻輯略》亦錄「子廉」、「徒減」二音，
上聲音為定母；《字彙》收有八音，仄聲音為「牀陷」、「直禁」、「子禁」三音，
分別是牀母、澄母與精母；《正字通》所錄大致與《字彙》同，從略。由該些
字音而言，李漁以「湛」為註音字之音讀非《廣韻》所錄之定母音，而是該
字又音──牀母音──較為合理。

《廣韻》系統中，先、仙二韻同用；《笠翁詩韻》亦沿平水韻作法，將先、
仙二韻併為〈卷二‧下平聲〉一先韻。若不考同部相註，則先類異部相註之情
況有十三，茲表列說明。

表 2-23　先類異部相註

①韻字先－註音字諄

韻　字	註音字	擬　音	註音形式
絢	洵	-juen	

②韻字先－註音字元

韻　字	註音字	擬　音	註音形式
淵	冤	-iuɛn	
祆	喧	-iuɛn	
鉉	喧	-iuɛn	叶喧上聲
見	建	-iɛn	建、現二音

③韻字先－註音字仙

韻　字	註音字	擬　音	註音形式
先	仙	-iɛn	
前	錢	-iɛn	
蓮	連	-iɛn	
憐	連	-iɛn	
牽上	愆	-iɛn	
眠	綿	-iɛn	
跣	鮮	-iɛn	
燃	碾	-iɛn	
扁	辨	-iɛn	
辮	辨	-iɛn	
犬	圈	-iuɛn	叶圈上聲
霰	線	-iɛn	
先	線	-iɛn	
牽去	譴	-iɛn	
硯	彥	-iɛn	
片	騗	-iɛn	

④韻字先－註音字鹽

韻　字	註音字	擬　音	註音形式
箋	尖	-iɛm	
韉	尖	-iɛm	
湔	尖	-iɛm	
濺	尖	-iɛm	
餞	尖	-iɛm	

⑤韻字先－註音字添

韻　字	註音字	擬　音	註音形式
天	添	-iem	

典	點	-iem	
殄	忝	-iem	
薦	僭	-iem	

⑥韻字仙－註音字元

韻　字	註音字	擬　音	註音形式
嗎	軒	-iɛn	
仚	軒	-iɛn	
讓	喧	-iuɛn	
筵	言	-iuɛn	
延	言	-iuɛn	
鉛	原	-iuɛn	
沿	原	-iuɛn	
緣	原	-iuɛn	
鳶	原	-iuɛn	
捐	原	-iuɛn	
蜎	冤	-iuɛn	
娟	冤	-iuɛn	
院	願	-iuɛn	

⑦韻字仙－註音字先

韻　字	註音字	擬　音	註音形式
緶	胼	-ien	
鮮平	先	-ien	
廯	先	-ien	
錢	前	-ien	
甄	堅	-ien	
綿	眠	-ien	
櫋	眠	-ien	
鞭	邊	-ien	
篨	邊	-ien	
鯿	邊	-ien	
獮	跣	-ien	
鮮上	跣	-ien	
蹇	筧	-ien	
辨	匾	-ien	

諞	匾	-ien	
褊	匾	-ien	
選	先	-ien	先上聲
面	麵	-ien	
倦	涓	-iuen	叶涓去聲
變	邊	-ien	叶邊去聲
戀	楝	-ien	
變	練	-ien	

⑧韻字仙－註音字鹽

韻　字	註音字	擬　音	註音形式
煎	尖	-iɛm	
連	廉	-iɛm	
鐫	尖	-iɛm	
涎	撏	-iəm	
乾	鉗	-iɛm	
戰	占	-iɛm	叶占去聲

⑨韻字仙－註音字添

韻　字	註音字	擬　音	註音形式
愆	謙	-iem	
遣上	謙	-iem	叶謙上聲

⑩韻字仙－註音字咸

韻　字	註音字	擬　音	註音形式
輦	臉	-ɐm	

⑪韻字仙－註音字銜

韻　字	註音字	擬　音	註音形式
件	監	-am	叶監上聲

⑫韻字仙－註音字嚴

韻　字	註音字	擬　音	註音形式
繾	欠	-iɐm	
遣去	欠	-iɐm	
譴	欠	-iɐm	

從表中可知，先類亦有與咸攝字相配的現象，其數甚繁，加以一例侵韻字，共計二十二例，較元類、寒類與刪類爲多。由與深攝及咸攝字相配的情況，亦再

次重申了前文已明的觀念，即舌尖鼻音韻尾與雙唇鼻音韻尾的混同。至於以深攝及咸攝字爲韻字時，與註音字間是否也呈現韻尾混同現象，則容待後文論及侵類、覃類、鹽類及咸類時予以說明。較特別者，爲第九種情況末例與第十二種情況第二例，「遣」之上去聲不應造成註音字韻部的差異，然上聲以添，去聲以嚴，證明添、嚴二韻已然相同。此外，先類韻字與註音字異部相註的情況，同樣爲主要元音發音相近而導致。可注意者，第二種情況「韻字先－註音字元」第二與第三例，皆以元韻曉母三等合口字「喧」爲註音字，但第二例「袄」卻爲先韻曉母四等開口字，二字間有合口成份的差別。由元韻「喧」字在第二種情況爲合口字「鉉」、第六種情況爲合口字「讓」及元類中以合口字「喧」爲註音字的情況而言，該字確爲三等合口字無誤，則此例中當是「袄」由齊齒音轉爲撮口音，多了一個〔-u-〕介音是也。同樣的情形亦出現於第七種情況末二例，韻字爲仙韻來母合口字，註音字卻爲先韻來母開口字。王力先生以爲此乃語音演變規律上的例外，稱之爲「不規則的變化」。《漢語方音字匯》中，二音在各方言點的音讀以同者爲多，異者以合口成份有無爲區別者較少，如西安、太原、廣州、廈門、潮州、福州及建甌等地，從中可見以南部地區保留較多古音成份，但就吳語區而言，卻無見差別存在。細究《通泰方言音韻研究》，通泰方言區裡更是完全不見合口成份。筆者以爲，雖尚無法由語音關係推求演變經過，然「戀」、「變」二字之合口成份當已消失，始與「楝」、「練」二字讀音相同。此外，第五種情況「韻字先－註音字添」中，除韻尾混同現象外，第三例以添韻透母字「添」爲先韻定母字「殄」註音，顯示「殄」字有濁音清化現象。同樣的情形亦出現於第七種情況以「匾」爲註音字的前二例，及第十二種情況「韻字仙－註音字銜」獨例中。「匾」爲先韻幫母字，「辨」、「編」二字則爲仙韻並母字；「監」爲銜韻見母字，「件」爲仙韻群母字，三例皆呈顯出濁音清化的結果。此外，「監」、「件」之間有一細音成份的差別，其因在於「監」爲銜韻見母字，銜韻爲二等韻，見母爲舌根聲母，兩種條件兼備下，便衍生出細音〔-i-〕，始與「件」字發音相同。第六種情況「韻字仙－註音字元」以「言」、「原」爲註音字之七例，皆以元韻疑母字爲仙韻喻母字註音，如前文所述，此亦呈現零聲母化之傾向。至於第十種情況「韻字仙－註音字咸」以咸韻來母「臉」字爲仙韻來母「輦」字註音，除了韻尾混同外，差別在於「輦」字有一細音成份，「臉」則無。細查《廣韻》，「臉」字僅出現於咸韻上聲，其義爲「臉臁羹屬

也」，就意義上來說，當係一罕用字；次究《集韻》，除與《廣韻》同義外，尚於鹽韻上聲見「頰也」一義，則爲常用字。筆者以爲，雖李漁未曾言明，然就詩韻書製作目的爲求作詩押韻便利而言，罕用字並不見於詩韻書內，因此「臉」字當以「頰」義釋之，則音爲鹽韻。既爲鹽韻，則「覽」、「臉」二者主要元音已相同，僅存韻尾差別是矣。

表中無見者爲同部相註之例。在諸例中，「轉」、「囀」二字以「展」爲註音字。「展」爲知母上聲開口音，「轉」、「囀」爲照母去聲合口音，知照合流，然其合口成份實難釋疑。《笠翁詩韻》中，先類上聲收有「展」字，以「叶專上聲」之註音方式標音。「專」爲仙韻照母平聲合口音，與「展」之間的語音關係同「轉」、「囀」字。無獨有偶，同在先類上聲中，「轉」亦明「叶專上聲」，可見「展」、「轉」二字同音。由此觀之，「展」當爲仙韻上聲合口音是也。

李漁詩作中，眞、文、元、寒、刪、先六類韻字，常有通用情況出現，以合韻譜〔註21〕示之如下：

表 2-24　真文元寒刪先六類合韻譜

眞文合韻	古體詩	19 人芬分聞珍親	86 神人辛辰親轔貧津文	90 君貧身芬	98 人紛塵	102 郡問鎭爐	104 因人塵盆	107 紛人倫麟身	108 人貧親雲	眞元合韻	近體詩	130 倫身人屯	古體詩	113 塵樽貧	文元合韻	古體詩	109 門紛尊

眞庚合韻	近體詩	973 名倫城	古體詩	96 名耕聲羹人	99 性幷鏡襯	眞青合韻	古體詩	91 人均局	眞侵合韻	古體詩	8 心林霖袵襟貧吟深	侵陰琴今沉金	91 臣身辛陰霖

〔註21〕本合韻譜中，阿拉伯數字表本文〈李漁詩作韻字及歸部一覽表〉對李漁詩作之編號；方框者在近體詩中表首句入韻，在古體詩中表單數句入韻；首韻韻字不加任何標記，第二韻韻字加「‧」，第三韻韻字加「。」，第四韻韻字加「｜」，第五韻韻字加「﹨」。因本合韻譜較至多有五韻通叶，前合韻譜爲複雜，故特此重加說明。

94 人身金情。

古體詩　真庚侵合韻

90 形民論。

古體詩　真元青合韻

107 敏騁影吻。

古體詩　真文庚合韻

軒源園蹇護。　真文庚合韻

67 痕存尊昆孫根峋門噴氛人言湲。

盆伸聞焚溫醺雲民神論親云因。

57 人巡唇恂伸文捫身巾髡辛吞。

昏噴民春論勣勤陳。

50 軍人貧身斤吞孫神貧伸坤聞。

20 論聞魂鄰因。

古體詩　真文元合韻

---

103 願戀唁。

92 展遠阮。

91 園田連賢煙。

89 原編天。

84 賤電變燕見夯片。

71 憲見。

10 面怨。

5 扇霞面釧便怨片。

古體詩

508 年篇懸泉冤。

近體詩　元先合韻

215 刪顏閒湲。

近體詩　元刪合韻

元先合韻

109 潘冠蘭。

107 煩爛肝。

古體詩　元寒合韻

---

103 閒爛餐還難寒完。

37 山翰壇瘢難安。

84 還翰漫看闌。

寒刪合韻

姍遍線幻漢澗患萬間綻扇見訕。

56 岸岸飯慣羨賤厭變願竄片絹面宴忏戀。

元寒刪先鹽合韻

25 閒湆安環藩鄲嫻嫻三男蘭班。

元寒刪覃合韻

古體詩

60 觀娟全慳盤圓安天然權眠煩篇。

元寒刪先合韻

54 戰便健嘆案簞遠。

古體詩

17 伴面賤願忏。

元寒先合韻

古體詩

---

68 難天先權闌冠賢憐顛然間艱觀寒官看。

43 寒闌嘆然眠歡顏翰綿鄲餐。

古體詩　寒刪先合韻

85 賢蟾年。

69 豔線燕。

古體詩

先鹽合韻

116 濫憾算。

87 泛翰岸。

寒覃合韻

古體詩

寒咸合韻

149 顏灣閒慳。

近體詩

刪先合韻

116 彈難懸。

72 看院。

古體詩

寒先合韻

由合韻譜中可窺見前文所探討韻字及註音字間的關係，亦在合韻譜中有所展現。首先可以看到元類分別與眞文二類及寒刪先三類叶韻，與前述不謀而合，代表元類的實際語音在詩文創作上可析分爲二，一者與山攝相通，一者與臻攝相合。李師添富於晚唐律詩用韻通轉的研究上，亦發現此一現象，云：「今按廣韻魂痕與元韻既因與眞文、寒刪先通叶而分二部，元音既已不同，則晚唐律體元與魂痕同用，當係功令同用之故；許氏奏請同用之時，此三韻之元音當相同，竊以爲元魂痕三韻之主要元音本同爲-ɐ-，分別爲痕-uɐn、魂-uɐn與元-iɐn、-iuɐn，故韻書以其主要元音、韻尾相同而併爲元韻；後來魂痕因受韻尾-n影響高化爲-uen及-ən，故常語眞文通叶；元韻則受-i-影響元音前移爲-a-，是以常與寒刪先叶，故晚唐五代韻圖魂痕入臻攝，元入山攝。」〔註22〕其說是也。李漁《笠翁詩韻》元類僅元韻一韻，根據其韻字收錄及詩作用韻分析而言，當分爲二。其次，前文已明臻、山二攝與梗、曾二攝間有直音上的關係，在實際語音操作時，亦可發現數例有通叶現象，代表李漁不僅在韻書製韻上呈現舌尖鼻音韻尾與舌根鼻音韻尾合流傾向，從時音來看更無二致，可信手拈來，隨時成詩。第三，前文述及與侵韻相合之例雖少，然尚可見於眞韻及欣韻；詩作中，則可見眞侵與眞庚侵通叶之例，顯示侵韻雙唇鼻音韻尾混同於舌尖鼻音韻尾後，主要與臻攝字相配，而不與同爲舌尖鼻音韻尾的山攝字相搭，主要元音顯然已經近同。第四，同爲雙唇鼻音韻尾，咸攝字在韻書中的表現約略可分爲兩種，一爲帶細音成份者多與先類相合，如鹽、添、嚴、凡四韻；一爲無細音成份者，即開口韻，則與寒類及刪類相配，如覃、談、咸、銜四韻。詩作通韻之例雖少，然亦可窺其一二，可爲輔證。

（六）蕭、肴、豪三類

二蕭／十七篠／十八嘯：包括《廣韻》韻目蕭〔-iɛu〕、宵〔-iɐu〕、幽〔-iɐu〕

三肴／十八巧／十九效：包括《廣韻》韻目肴〔-ɔu〕

四豪／十九皓／二十號：包括《廣韻》韻目豪〔-ɑu〕

《廣韻》系統中，蕭、宵同用，肴獨用，豪獨用；《笠翁詩韻》秉其看法，

〔註22〕李添富：《晚唐律體詩用韻通轉之研究》（台北：文史哲出版社，1996）頁105～106。

將效攝字分為蕭、肴、豪三部。《笠翁詩韻》所收蕭類平聲字僅得部分，少數闕遺，如與《廣韻》相較，則未見宵韻溪、穿、滂、群、來等聲母字〔註23〕。蕭類韻字與註音字間，如不計同部相註，則異部相註可分為三種情況，表列如下。

表 2-25　蕭類異部相註

①韻字蕭－註音字宵			
韻　字	註音字	擬　音	註音形式
蕭	霄	-i̯ɛu	
簫	宵	-i̯ɛu	
瀟	宵	-i̯ɛu	
彌	宵	-i̯ɛu	
脩	宵	-i̯ɛu	
堯	姚	-i̯ɛu	
膮	嚻	-i̯ɛu	
么	腰	-i̯ɛu	
岆	腰	-i̯ɛu	
篠	小	-i̯ɛu	
皎	矯	-i̯ɛu	
曉	嚻	-i̯ɛu	叶嚻上聲
杳	夭	-i̯ɛu	
窅	夭	-i̯ɛu	
湫	焦	-i̯ɛu	叶焦上聲
嘯	笑	-i̯ɛu	
突	要	-i̯ɛu	

②韻字宵－註音字蕭			
韻　字	註音字	擬　音	註音形式
腰	么	-ieu	
喓	么	-ieu	
邀	么	-ieu	
葽	么	-ieu	
妖	么	-ieu	

〔註23〕宵為重紐韻，故如溪、來等聲母字或已見於李書中，然係重紐故，因此當有另批同聲母字未見。

訞	幺	-ieu	
枖	幺	-ieu	
憭	了	-ieu	
小	篠	-ieu	
夭	杳	-ieu	
蹻	皎	-ieu	
矯	皎	-ieu	
要	突	-ieu	
燎	料	-ieu	

③韻字幽－註音字蕭

韻　字	註音字	擬　音	註音形式
糾	皎	-ieu	

蕭、宵二韻既能同用，在韻字與註音字中，亦多見互註之例，如第一種情況與第二種情況皆然。蕭、宵二韻能有多例互註之因主要在於韻尾相同，主要元音相近之關係。蕭爲四等韻，宵爲三等韻，同有介音〔-i-〕，亦同以〔-u〕收聲，而主要元音則爲半高與半低的細緻區別。第三種情況爲幽韻與蕭韻互註之例。幽韻「糾」擬爲〔-i̯əu〕，與宵韻同爲三等韻，與蕭韻「皎」〔-ieu〕區別在於主要元音發音部位前後有別。事實上，由於前高元音〔-i-〕之影響，可使「糾」之央元音〔-ə-〕發音部位往前伸展並高化，如此則與「皎」聽聞近同。

　　聲母方面，多以同聲母字相註，表中獨第一種情況第六例，以蕭韻疑母字「堯」與宵韻喻母字「姚」相註，疑喻二母演化爲零聲母於《中原音韻》已見，前文亦有所述，茲不贅。

　　至於肴類，《笠翁詩韻》所收平聲字僅得部分，多數闕遺，如與《廣韻》相較，則未見匣、見、牀、娘、疏、明、曉、幫、滂、疑、徹、來、澄等聲母字。除此之外，肴類韻字與註音字間，如不計同部相註，則異部相註亦有三種情況，表列如下。

表 2-26　肴類異部相註

①韻字肴－註音字宵			
韻　字	註音字	擬　音	註音形式
坳	腰	u̯iɛu	
抝	要	-iɛu	

②韻字肴－註音字豪

韻　字	註音字	擬　音	註音形式
跑	袍	-ɑu	
飽	保	-ɑu	
撓	惱	-ɑu	
鮑	寶	-ɑu	
豹	報	-ɑu	
爆	報	-ɑu	

③韻字肴－註音字侯

韻　字	註音字	擬　音	註音形式
貌	茂	-ou	

表中第一種情況，以二等肴韻與三等宵韻之影母字互註，當係喉音影母〔ʔ-〕在元音〔-ɔ-〕之前時，〔-ɔ-〕與輔音間產生一個微弱並帶有半元音性質的〔-i-〕；隨後，影母在十四世紀左右零聲母化的結果，肴、宵二韻影母字之語音因而近同。第二種情況，以肴、豪二韻互註，亦為二等韻及一等韻之相註。肴、豪二韻之韻尾相同，主要元音則有半低及最低的細微區別，然受韻尾後高元音〔-u〕影響，豪韻當高化而與肴韻近同。第三種情況較為特出，乃肴韻與侯韻之相註。肴韻明母字「貌」與侯韻明母字「茂」均以〔-u〕收聲，二韻僅在主要元音半低與半高間存有細微差異，然同肴、豪，因後高元音〔-u〕之影響，當使主要元音高化而近同。

聲母方面，亦多以同聲母字相註，獨第二種情況第四例，以肴韻並母字「鮑」與豪韻幫母字「寶」互註，當係並母清化之關係。然同為並母字，第一例則以雙並母字相註，對此情況，當有兩種解讀：一者，「濁音清化」與「全濁音尚存」當時在同一時空下並行；二者，該二字皆已清化，然由該例無從得見。

最後是豪類，於《笠翁詩韻》所見較蕭、肴二類為完整。除此之外，豪類韻字與註音字間，如不計同部相註，則異部相註約有兩種情況，表列如下。

表2-27　豪類異部相註

①韻字豪－註音字肴

韻　字	註音字	擬　音	註音形式
毛	茅	-ɔu	

袍	庖	-ɔu	
褒	包	-ɔu	
猱	鐃	-ɔu	
猫	鐃	-ɔu	
臑	鐃	-ɔu	
抱	鮑	-ɔu	
報	豹	-ɔu	

②韻字豪－註音字歌

韻　字	註音字	擬　音	註音形式
漕	作	-ɑ	
鑿	作	-ɑ	

豪類主要與肴類相註，二者關係於前文已明，不贅。第二種情況為豪類與歌類相註，較為特出。「漕」、「鑿」二字均為豪韻從母字，「作」字則為歌韻精母字，豪歌二韻間的相通難以明析。翻檢各韻書、字書，「漕」字除同韻聲調上的差別，無分韻上的差異；《字彙》則析「鑿」字有五音，分別為疾各切，音昨；即各切，音作；在到切，曹去聲；叶胙五切，租上聲；叶倉故切，音措。由《字彙》所示，則豪韻鑿字與歌韻鑿字當為不同之二音，李漁將其以直音表之，易起誤會，就其書中所闡之多樣註音方式，當有較直音為佳之表達形式。此外，亦或為傳抄之訛，無意中曲解李漁著書音義，使真相不明。

　　聲母方面，亦多為同聲母字相註，惟第一種情況第四例與第五例，為泥、娘二母間的相註。泥、娘二母自三十六字母時即為同類，世早已不分，前文亦對此有所闡述，不贅。

　　王力先生《漢語詩律學》一書中，將蕭、豪二韻歸為中韻，肴韻則相對為險韻。李漁詩作中，蕭韻使用情況並不如同為中韻韻部為多，如歌韻、寒韻等，就近體而言僅十六首，古體二首；豪韻亦然，近體僅六首，古體三首；肴韻愈微，僅近體二首，古體無。至於與他韻相叶者，如下合韻譜所示。

表 2-28 蕭肴豪類合韻譜

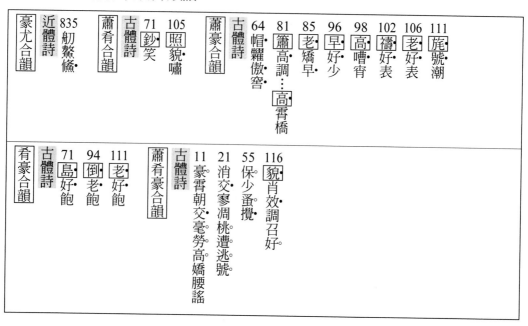

由合韻譜可知，蕭、肴、豪三韻常有通叶之作，此於韻字及註音字間的互註情況即有所見，李漁詩作則是將其化爲實際詩文操作，表達時音立場。較特出者爲豪、尤二韻之相叶，出現於近體詩編號 835〈伊園十便〉（其三）一詩中，以豪韻「舠」、「鰲」二字與尤韻「篠」字相押。實際上，「篠」字於《集韻》以來，直至明代《字彙》、《正字通》等字書，皆收有蕭、尤二韻音，然李漁僅錄尤韻音，使其產生通叶現象。倘不考一字二音，則效攝三韻在今音雖多作〔-ɑu〕，然自隋唐日譯漢音、吳音及高麗譯音均收有〔-o〕〔註 24〕，而許多方音亦作〔-ou〕、〔-ɔ〕〔註 25〕之情況觀之，尤、豪二韻之通叶，當係時空影響，方音使然。

（七）歌　類

五歌／二十哿／二十一箇：包括《廣韻》韻目歌〔-ɑ〕、戈〔-uɑ〕

《廣韻》系統中，歌、戈同用，《笠翁詩韻》亦然，全錄果攝字。歌類韻字與註音字間，如不計同部相註，則異部相註有三種情況，茲表列說明。

〔註24〕高本漢：《中國音韻學研究》（北京：商務印書館，2003）頁 651～661。

〔註25〕北京大學中國語言文學系語言學教研室編：《漢語方音字匯》（第二版重排本）（北京：語文出版社，2003）效攝部分；顧黔：《通泰方言音韻研究》（南京：南京大學出版社，2001）效攝部分。

表 2-29　歌類異部相註

①韻字歌－註音字戈

韻　字	註音字	擬　音	註音形式
娑	蓑	- uɑ	
羅	騾	-uɑ	
拖	詑	-uɑ	
犧	莎	-uɑ	
鼉	妥	-uɑ	
沱	朵	-uɑ	
邏	裸	-uɑ	
癉	剁	-uɑ	
那	懦	-uɑ	
奈	懦	-uɑ	
餓	臥	-uɑ	
蹉	坐	-uɑ	

②韻字戈－註音字歌

韻　字	註音字	擬　音	註音形式
茄	哥	-ɑ	
詑	拖	-ɑ	
騾	羅	-ɑ	
朵	躲	-ɑ	
妥	拖	-ɑ	叶拖上聲
坐	磋	-ɑ	磋上聲
火	呵	-ɑ	呵上聲
唾	拖	-ɑ	叶拖去聲
和	賀	-ɑ	

③韻字戈－註音字麻

韻　字	註音字	擬　音	註音形式
茄	加	-a	

　　三種情況大致以歌、戈二韻字的互註為主，另則有一例與麻韻相關的韻例。歌類中包含歌、戈二韻，乃開合互補之二韻，然由歌、戈二韻韻字互註情況甚繁看來，其合口成份已然轉變。以「茄」為例，該字於《笠翁詩韻・五歌》中出

現兩次，一音哥，作芙蕖莖解；一音加，作落酥解。第二種情況中，「茄」爲《廣韻》戈韻見母字，「哥」則爲歌韻見母字，若是「茄」字失落合口成份，當係於唇音聲母中可行，然在舌齒音聲母中，則顯示哥字當作合口〔kuɑ〕發音。第三種情況中，「茄」字又音加，加字於《廣韻》及《集韻》中僅錄麻韻音，然李漁既將其收於歌韻中，當視該字爲歌韻音。無獨有偶，明代字書《字彙》及《正字通》亦見歌韻音的收錄，且直言其「音歌」，顯然在明代，該字已兼具歌麻二韻之音。歌麻間的關係，汪榮寶〈歌戈魚虞模古讀考〉一文已明確揭示六朝唐宋時讀歌如麻，時及明代，歌麻的關係稍遠，能互通之例漸微。

聲母方面，表中諸例仍以同聲母字相註爲主，惟第一種情況第六例，以歌韻定母字「沱」與戈韻端母字「朵」相註，乃爲濁母清化始致。同爲濁音清化，尚有同種情況末例，以歌韻清母字「蹉」與戈韻從母字「坐」，及第二種情況倒數第四例，以戈韻從母字「坐」與歌韻清母字「磋」二例。

王力先生《漢語詩律學》中，將歌韻劃分在中韻，較寬韻韻字及使用情況爲少。李漁詩作中，歌類使用情況的確較寬韻爲少，近體詩凡四十二首，古體一首。至於與他韻通叶之作亦僅一首，爲古體詩編號 92〈壽陳學山少宰〉，合韻譜如下所示：

表 2-30　歌類合韻譜

前文對歌類韻字及註音字的分析中，未見與藥類相註者，卻可在詩歌中發現陰入相押之例。「若」、「漠」等藥類字均以舌根塞音韻尾〔-k〕收勢，若韻尾消亡，則「若」字成爲〔-ȵɑ〕，「漠」字成爲〔-ɑ〕，與歌韻「作」字確能相押。然而，實際上，收有若、漠二字之〈十藥〉，後半闕遺，部分韻字未見收錄，其中包括「作」、「惡」等常用字。就韻書收字而言，「作」當應入〈十藥〉，然在李書有所罅漏的情況下，已無法對證，是以本文將「作」視爲歌韻字，與藥韻通叶。

（八）佳、麻二類

九佳／九蟹／十卦：包括《廣韻》韻目佳〔-æi〕、〔-uæi〕、皆

〔-ɐi〕、〔-uɐi〕、夬〔-ai〕、〔-uai〕

六麻／二十一馬／二十二禡：包括《廣韻》韻目麻〔-a〕、〔-ia〕、
〔-ua〕

《廣韻》系統中，佳、皆同用，去聲皆、夬同用，麻獨用；《笠翁詩韻》約
略維持相同作法，佳類中包括佳韻、皆韻及去聲夬韻，麻類則僅錄麻韻。

佳類韻字與註音字間，如不計同部相註，則異部相註有十一種情況，茲表
列如下。

表 2-31　佳類異部相註

①韻字佳－註音字皆			
韻　字	註音字	擬　音	註音形式
佳	皆	-ɐi	
牌	排	-ɐi	
廳	排	-ɐi	
簰	排	-ɐi	
解上	皆	-ɐi	叶皆上聲
矮	挨	-ɐi	叶挨上聲
解去	械	-ɐi	
邂	械	-ɐi	
懈	介	-ɐi	
解	介	-ɐi	
廨	介	-ɐi	
曬	殺	-ɐi	
灑	殺	-ɐi	
派	湃	-ɐi	
②韻字佳－註音字麻			
韻　字	註音字	擬　音	註音形式
涯	牙	-a	
娃	雅	-a	
哇	雅	-a	
媧	瓜	-a	
畫	花	-ua	叶花去聲

③韻字佳－註音字夬

韻　字	註音字	擬　音	註音形式
賣	邁	-ai	
債	寨	-ai	
稗	敗	-ai	

④韻字佳－註音字麥

韻　字	註音字	擬　音	註音形式
隘	搕	-æk	

⑤韻字皆－註音字微

韻　字	註音字	擬　音	註音形式
噫	衣	-i̯əi	衣去聲

⑥韻字皆－註音字佳

韻　字	註音字	擬　音	註音形式
街	佳	-æi	
皆	佳	-æi	
儕	柴	-æi	
豺	柴	-æi	
諧	鞋	-æi	
排	牌	-æi	
祭	債	-æi	
湃	派	-æi	
殺	曬	-æi	

⑦韻字皆－註音字哈

韻　字	註音字	擬　音	註音形式
駭	孩	-əi	

⑧韻字皆－註音字夬

韻　字	註音字	擬　音	註音形式
蒯	快	-uai	
蕢	快	-uai	
拜	敗	-ai	
偝	敗	-ai	

⑨韻字夬－註音字佳

韻　字	註音字	擬　音	註音形式
邁	賣	-æi	

勸	賣	-æi	
敗	稗	-æi	
話	畫	-uæi	

⑩韻字夬－註音字皆

韻　字	註音字	擬　音	註音形式
夬	怪	-uɐi	

⑪韻字夬－註音字脂

韻　字	註音字	擬　音	註音形式
快	愧	-iue	

前文述及支類時，發現哈韻與皆韻有相叶的情況，同樣的情況亦於表中呈現，如第七種情況皆韻與哈韻相註一例。《中原音韻》中，將皆韻與哈韻合爲「皆來韻」，故李漁此舉，適佐證周書分部，說明皆、哈二韻的關係相當密切。由表中可見，佳、皆二韻間相註之例爲多，次之便爲佳、皆二韻與夬韻之間的相註情況。佳、皆、夬三韻均係以〔-i-〕收尾之開尾韻，彼此主要元音發音部位亦相近，始可爲註。第二種情況爲佳、麻相註五例，由該些例子中可以發現，麻韻雖兼具二、三等，然因佳韻僅二等，故與佳韻相註者亦僅麻韻中的二等字。此外，五例諸字咸爲舌根音或喉音二等字，除末例外，餘在語音演變上會因爲舌根音或喉音與元音〔-a-〕之間產生一個短弱的、帶半元音性質的〔-i-〕，佳韻字則由於介音和韻尾變得相同，便異化而排斥掉介音的〔-i-〕，佳麻二韻字音讀上趨近無別。《中原音韻》將佳、麻二韻並呼「家麻韻」，李漁此舉，不僅明時音之況，亦爲周書佐證時音之象。值得反思者，李漁既於《笠翁詩韻·序》中表述不與時人同流合污，欲遵己意闡明時音，然而在詩韻分部上，仍襲用平水分韻，故雖可自直音中得時音及音韻關係，然仍相距甚遠，如哈韻置於支類，而皆韻歸於佳類是也。同樣因二等舌根音或喉音產生變化者尚有第五種情況，以皆韻影母字「噫」與微韻影母字「衣」相註一例。第四種情況以佳、麥二韻字相註，二韻主要元音皆爲〔-æ-〕，麥韻尚具舌根塞音韻尾〔-k〕，由二字相註的情況再一次說明入聲韻塞音韻尾的消亡，始與陰聲韻無異。第七種情況獨例，以皆韻匣母字「駭」與哈韻匣母字「孩」相註，二者主要元音皆係央元音，舌位上幾不可辨，音讀上更是趨近相同。灰類與佳類間，主要元音相近，加以韻尾均爲〔-i〕之影響，往往可通叶合用。夬韻韻字少，且因身爲去聲韻的關

係，在以平聲爲正格的詩作中，作品亦不多見，然在前文所整理韻字與註音字的相註情況中，尚可見其爲灰韻字「塊」註音，在佳類中，第十一種情況獨例呈現夬韻字「快」則與脂韻字「愧」相註。《字彙》云：「快，苦夬切音塊……又叶摸桂切魁去聲。」《正字通》云：「快，可怪切音塊……又隊韻音愧。」由此可見，灰類中將「塊」、「快」二字相註，佳類中將「快」、「愧」二字相註，乃出於一字二音之情況，而前文亦明灰類與支類之密近關係，因此本文雖從《廣韻》、《集韻》云「愧」爲脂韻，《字彙》、《正字通》云其爲灰韻，乃語音變化上合流之象也。

聲母方面，諸韻字以同聲母字相註爲主，少數聲母不同者如第三種情況第二例，以佳韻莊母字「債」與夬韻牀母字「寨」相註，顯示牀母清化的結果。同爲濁母清化，尚有第八種情況第三例，以皆韻幫母字「拜」與夬韻並母字「敗」相註一例。

聲調方面，須注意者爲第七種情況獨例，以皆韻匣母上聲字「駭」與咍韻匣母平聲字「孩」相註，翻檢各韻書、字書，無見「孩」字作上聲用者；若言「駭」字因濁音清化而變爲去聲，也無見「孩」字作去聲之例。有鑑於此，筆者以爲除傳抄訛誤的可能外，此處李漁應於註音形式上再添一筆「叶孩上聲」或「孩上聲」，以足其意。

麻類僅含麻韻，與其他各韻相較顯然單純許多，如不計同部相註，則異部相註的情況少之又少，只得二種，如表所示。

表 2-32　麻類異部相註

①韻字麻－註音字模			
韻　字	註音字	擬　音	註音形式
挐	努	-u	
②韻字麻－註音字夬			
韻　字	註音字	擬　音	註音形式
華	話	-uai	

前文已明，佳、麻二韻有相當密切的音韻關係，但在麻韻中，卻未見佳類相註。與他韻相註者，只有兩例，一與模韻相註，一與夬韻。與夬韻相註者，乃麻韻匣母字「華」與夬韻匣母字「話」，顯然「話」之韻尾〔-i〕已然消失。

王力先生對「話」之演變，認爲：「夬韻有一個『話』字也由 wæi 變 ua，它也是合口字，但是只有一個字不能構成規律。」〔註26〕現在各地方言，「話」讀爲麻韻字已是常態，然日本漢音讀爲〔-uai〕，漢越語亦同，顯示尚留存中古音系統。第一種情況麻韻與模韻間的關係較啓人疑竇，當是難以相註的情況，各韻書、字書中亦無跡可尋。翻檢《集韻》，顯示「挐」爲「挐」之異體，均作女加切，因此筆者以爲說解有二。一者，就《笠翁詩韻》中屢屢出現同字相註的情況，「挐」或爲「挐」字；二者，「挐」字與「挐」字字形相近，故或爲「挐」字。兩種說解均就傳抄過程中形近訛誤所作之推斷。

　　佳韻因爲韻字極少的關係，相對使用範圍亦窄，在王力先生《漢語詩律學》中被認爲是險韻；麻韻韻字較多，使用較爲頻繁，被劃分爲中韻。就李漁詩作而言，確也如此。佳韻獨用者，近體僅三首，古體僅二首；麻韻獨用者，近體多達三十九首，含上聲韻一首，古體則有六首。至於與他韻通叶者，僅見於佳韻，麻韻完全未有通押之作。合韻譜如下所示：

表 2-33　佳麻合韻譜

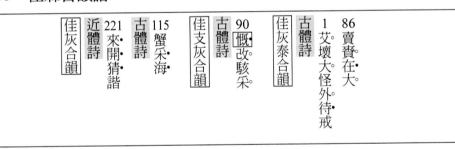

在韻字及註音字的分析中，可見佳、麻二韻有所關聯，然於實際語音操作中，卻未見關係。與佳韻有通叶現象者，以止、蟹二攝爲主，對此於前文討論支類時已有闡釋，不贅。佳類與麻類在韻字與註音字上，僅見四例，餘與支類有較多直音關係，加以合韻譜所呈現的情況，說明就時音而言，佳類與支類較爲接近，麻類則適合獨爲一韻。

（九）庚、青、蒸三類

　　下平八庚／二十三梗／二十四敬：《廣韻》韻目庚〔-aŋ〕、〔-iaŋ〕、〔-iuaŋ〕、耕〔-æŋ〕、〔-uæŋ〕、清〔-ǐɛŋ〕、〔-ǐuɛŋ〕

〔註26〕王力：《漢語史稿》（重排本）（北京：中華書局，2004）頁170。

下平九青／二十四迥／二十五徑：《廣韻》韻目青〔-ieŋ〕、〔-iueŋ〕、蒸〔-i̯əŋ〕、登〔-əŋ〕

下平十蒸：《廣韻》韻目蒸〔-i̯əŋ〕、登〔-əŋ〕

《廣韻》系統中，庚、耕、清同用，青同用，蒸、登同用；《笠翁詩韻》中，亦沿平水韻作法，分為八庚、九青及十蒸三韻類。基本上，二書咸將梗攝字劃分為二，即八庚、九青二類，曾攝字則總歸為十蒸一類。

庚類中韻字與註音字間的關係，經歸納整理，可得十八種情況，茲以表列呈現。

表 2-34　庚類異部相註

①韻字庚－註音字東			
韻　字	註音字	擬　音	註音形式
橫	洪	-oŋ	
鬢	紅	-oŋ	
蝱	蒙	-oŋ	
舡	公	-oŋ	
猛	蒙	-oŋ	蒙上聲
盲	蒙	-oŋ	音與蒙同
孟	夢	-oŋ	
②韻字庚－註音字鍾			
韻　字	註音字	擬　音	註音形式
榮	容	-i̯uŋ	
兄	凶	-i̯uŋ	
永	勇	-i̯uŋ	
冋	拱	-i̯uŋ	
③韻字庚－註音字魂			
韻　字	註音字	擬　音	註音形式
橫	昏	-uən	昏去聲
④韻字庚－註音字耕			
韻　字	註音字	擬　音	註音形式
烹	怦	-æŋ	
傖	崢	-æŋ	

根	橙	-æŋ	
鎗	琤	-æŋ	
梗	耿	-æŋ	

⑤韻字庚－註音字清

韻 字	註音字	擬 音	註音形式
卿	清	-i̯æŋ	
迎	盈	-i̯æŋ	
影	穎	-i̯æŋ	
丙	幷	-i̯æŋ	

⑥韻字庚－註音字青

韻 字	註音字	擬 音	註音形式
京	經	-ieŋ	
明	銘	-ieŋ	
皿	冥	-ieŋ	
敬	徑	-ieŋ	
病	並	-ieŋ	
平	並	-ieŋ	
柄	並	-ieŋ	
慶	磬	-ieŋ	

⑦韻字庚－註音字登

韻 字	註音字	擬 音	註音形式
彭	朋	-əŋ	
祊	崩	-əŋ	
冷	稜	-əŋ	稜上聲

⑧韻字庚－註音字蒸

韻 字	註音字	擬 音	註音形式
兵	冰	-i̯əŋ	
映	應	-i̯əŋ	
迎	媵	-i̯əŋ	

⑨韻字耕－註音字東

韻 字	註音字	擬 音	註音形式
萌	蒙	-oŋ	
甍	蒙	-oŋ	

薨	烘	-oŋ	
鍧	烘	-oŋ	
訇	烘	-oŋ	
泓	翁	-oŋ	
轟	烘	-oŋ	音與烘同

⑩韻字耕－註音字真

韻　字	註音字	擬　音	註音形式
峥	桭	-i̯en	

⑪韻字耕－註音字庚

韻　字	註音字	擬　音	註音形式
耕	更	-aŋ	
鏗	坑	-aŋ	
牼	坑	-aŋ	
硜	坑	-aŋ	
莖	行	-aŋ	
錚	撐	-aŋ	
鞕	烹	-aŋ	
嫛	英	-i̯aŋ	
鷪	英	-i̯aŋ	
嚶	英	-i̯aŋ	
櫻	英	-i̯aŋ	
鸚	英	-i̯aŋ	
耿	梗	-i̯aŋ	
幸	杏	-i̯aŋ	

⑫韻字耕－註音字登

韻　字	註音字	擬　音	註音形式
絣	崩	-əŋ	
怦	崩	-əŋ	
㣼	能	-əŋ	音與能同
繃	崩	-əŋ	音與崩同

⑬韻字清－註音字東

韻　字	註音字	擬　音	註音形式
瓊	穹	-i̯oŋ	

惇	穹	-ioŋ	
嫇	穹	-ioŋ	

⑭韻字清－註音字鍾

韻　字	註音字	擬　音	註音形式
傾	銎	-iuŋ	
縈	雍	-iuŋ	

⑮韻字清－註音字庚

韻　字	註音字	擬　音	註音形式
營	榮	-iaŋ	
塋	榮	-iaŋ	
瓔	英	-iaŋ	
纓	英	-iaŋ	
攖	英	-iaŋ	
并	平	-iaŋ	
郢	影	-iaŋ	
穎	影	-iaŋ	
輕	慶	-iaŋ	
頸	景	-iuaŋ	
餅	丙	-iuaŋ	
屏	丙	-iuaŋ	

⑯韻字清－註音字青

韻　字	註音字	擬　音	註音形式
清	青	-ieŋ	
令	靈	-ieŋ	
觪	星	-ieŋ	
騂	星	-ieŋ	
請	青	-ieŋ	叶青上聲
令	泠	-ieŋ	泠去聲

⑰韻字清－註音字蒸

韻　字	註音字	擬　音	註音形式
檉	稱	-iəŋ	
蟶	稱	-iəŋ	
頳	稱	-iəŋ	

偵	稱	-iəŋ	
鄭	稱	-iəŋ	稱去聲
整	拯	-iəŋ	
聖	勝	-iəŋ	

⑱韻字清－註音字侵

韻　字	註音字	擬　音	註音形式
盛	甚	-iəm	

　　經由以上整理，可對庚類韻字與註音字之本質有較概括的認識。在第一種情況中，咸以同聲母之東韻一等字註庚韻字，其主要元音皆爲圓唇性質的舌面後元音，發音部位略高，相差不遠，因此讀如同音。該情況中有六例，其中「橫」、「黌」、「觥」三字爲合口音，帶有〔-u-〕介音，擬爲〔-uaŋ〕，然而前二字爲匣母，末字爲見母，皆爲舌根聲母。就發音過程而言，其音素中僅主要元音〔-a-〕爲舌面前元音，當易被其餘的舌面後元音及舌根鼻音韻尾影響，以致於發音時高化而讀如東韻一等字；「蝱」、「猛」、「盲」三字爲開口音，擬爲〔-aŋ〕，全爲明母，係雙唇聲母，「猛」字以「某某聲」的形式標音，即「蒙上聲」；「盲」字以「音與某同」的形式標音，即「音與蒙同」。三字皆以東韻一等「蒙」爲註音字，當是同化作用，唇音聲母使主要元音變爲圓唇，加以舌根鼻音將其往後拉並高化的緣故，因此讀來與「蒙」相同。無獨有偶，在《笠翁詩韻》一東韻中，亦可見由庚韻「猛」字爲東韻字註音之例，唯僅二例，由此比例看來，在李漁時代，因雙唇聲母、舌面後元音及舌根鼻音等諸多因素的影響，造成庚韻某些字的主要元音後拉並高化，向東韻靠攏的現象。第二種情況「韻字庚－註音字鍾」中，第一例「榮」字係爲母，擬爲〔ɣiuaŋ〕，以鍾韻「容」爲註音字，該字爲喻母，擬爲〔Øiuŋ〕。喻三及喻四在宋代即有合併現象；《中原音韻》（1324）雖未注反切，然「榮」字卻互見於庚青韻及東鍾韻，而「容」字僅列東鍾韻；《新校經史篇海直音》（1544）將「榮」字注爲「音容」；《字彙》（1615）則將「榮」、「容」、「融」三字標爲「以中切」。由此可見，「榮」字從周德清時代，已分化出與鍾類相同的讀音；至較李漁同代而稍早的梅膺祚時，則由反切更爲確定，皆爲喻母。第二例中，庚韻「兄」字擬爲〔xiuaŋ〕，與鍾韻「凶」字同爲曉母。此二例在聲母相同的情況下，庚韻字較鍾韻字多了前元音〔-a-〕，然前有喉音聲母，後有舌根

鼻音，因此排擠掉音素中唯一的前元音；再者，庚韻及鍾韻皆具圓唇性質的舌面後元音，在其他音素條件皆同的情形下，發音亦趨相同，因此以鍾韻字為其註音。

前文已明，鍾韻註音字中，僅見以清韻字為註音字，未見其他梗攝字；庚韻註音字中，卻大量以通攝字為註音字，李漁此舉，不啻代表部分庚韻字已與通攝字混同之意。王力先生《漢語語音史》根據《字母切韻要法》（1506～1662）整理明清韻部，得十五，其中「中東」一韻包含梗攝字及通攝字〔註27〕，顯示二攝合流已成趨勢。

第三種情況於《笠翁詩韻》中僅見一例，乃去聲二十四敬「橫」下，以「某某聲」之註音形式標音，為「昏去聲」。首先，「昏」字擬為〔xuən〕，為曉母；「橫」字擬為〔ɣuaŋ〕，為匣母，皆為舌根聲母，僅清濁之別，由二者相註的情況來看，顯然已經同化。其次，亦是最重要的變化，當係魂韻字以舌尖鼻音為韻尾，不同於以舌根鼻音為韻尾之庚韻字；同位八庚之耕韻字「崢」，亦以臻攝字為其註音；《笠翁詩韻》十三元中，「昏」字以同為魂韻的「婚」字註音，且臻攝字中，亦僅二例以梗攝字為註音字者，即上聲十三阮韻字「狠」以庚韻字「亨」為註音字，去聲十二震韻字「親」以青韻字「青」為註音字，未見其他舌根鼻音韻尾如通攝、曾攝字為舌尖鼻音韻尾字之註音字者，由此觀之，韻尾雖有混同之勢，卻無混同之績。

第四種情況中，除首例「烹」為庚韻並母字，「怦」為耕韻滂母字外，其餘三例聲母皆同。「烹」既以清聲之「怦」為註音字，顯見當時其聲母已然清化。無獨有偶，在第十二種情況「韻字耕－註音字庚」其中一例則就「烹」字註耕韻「軯」字，該字亦為滂母，足以輔證濁音清化之現象。第四種情況及第十一種情況前七例，在在顯示庚、耕二韻在李漁時代已趨近同。第五種情況中，首例韻字「卿」為庚韻溪母字，擬為〔k´iaŋ〕；註音字「清」為清韻清母字，擬為〔ts´iɐŋ〕。由「卿」、「清」二字之語音，可以發現，「卿」字已有顎化現象，聲母位置由舌根向舌面發展，因此二者聲母已同。在京劇中，見系字一般被認為是團音，精系字則為尖音，然由李漁此舉，可見當時尖團音似已不分，時代較《圓音正考》（1743）為早〔註28〕，或可聊備一說。第二例韻字「迎」為庚韻

〔註27〕王力：《漢語語音史》（北京：中國社會科學出版社，1985）頁 395～397。

〔註28〕《圓音正考‧序》云：「試取三十六字母審之，隸見溪群曉匣五母者屬團，隸精清

疑母字，擬爲〔ŋian〕；註音字「盈」爲耕韻喻母字，擬爲〔Øien〕。疑母在《中原音韻》時代業已消失，與喻母相混，因舌根鼻音聲母發音部位較元音〔-i-〕爲遠，因此造成音素的失落。由第四種與第五種情況可知，庚韻二等字與耕韻相配，庚韻三等字則與清韻相搭。

第六種情況中，八例韻字與註音字間聲母皆同，唯獨「明」、「皿」字爲撮口音，擬爲〔miuaŋ〕，與其註音字「銘」、「冥」〔mieŋ〕相較，前者發音歷程顯然較爲轉折，不符合發音趨於簡單、輕鬆的原則，韻字的合口成份於是被排擠而消失。由撮口音變爲齊齒音後，與「京」、「經」等字的情況便相同，二者皆因舌面前高元音〔-i-〕的影響，促使低元音〔-a-〕高化爲〔-e-〕，以致讀如〔-ieŋ〕，與青韻字同。

第七種情況中，三例韻字與註音字間聲母皆同，獨第三例以「某某聲」的註音方式標音，言明「冷」爲「稜上聲」。庚韻與登韻韻母皆爲舌根鼻音，前者主要元音爲舌面前低元音〔-a-〕，後者爲央元音〔-ə-〕，因爲後有〔-ŋ〕之關係，促使庚韻的主要元音往後拉並高化，因此聽聞之下與登韻字近同。第八種情況於《笠翁詩韻》中僅見三例，第一例乃由蒸韻字「冰」爲庚韻字「兵」註音。「兵」字擬爲〔piuaŋ〕，「冰」字擬爲〔pieŋ〕，均爲幫母。此例情況與前文所述「明」、「銘」之間情況相同，皆爲脣音聲母，以他韻齊齒字註庚韻撮口字，庚韻字合口成份則被排擠而消失；再者，因前高元音的影響，使低元音高化趨近〔-i-〕，使二字發音近同。第二例韻字與註音字皆爲影母，發音相近不言可喻；第三例韻字爲疑母，註音字則爲喻母，雖有不同，然聲母發音部位相近，因此讀來並無二致。第七種與第八種情況，咸爲曾攝字與梗攝字間的語音關係，例證雖不多，然仍可略見其間聯繫。後文針對十蒸韻進行闡釋時，將可爲梗、曾二攝之間的關係再作釐清。

第九種情況七例中，有二例以東韻「蒙」字爲註音字。前文已明，該字爲庚韻註音字，此處亦爲耕韻註音字，可見庚、耕二韻已然合流。此外，「甍」字互見於八庚及十蒸，於十蒸中以「轟。音烘。」的註音形式標音，即可由此推斷該字韻母內容至少包括東、耕及登三韻。《廣韻》僅收耕韻音，《集韻》收有耕韻及登韻音，《字彙》、《正字通》直接以「轟」、「烘」二字爲其標音，可以想

從心邪五母者屬尖。」王力先生認爲此時已尖團不分。

見東韻音當是當時語音演化下的成果，東、庚、耕三韻在李漁時代合流可以此為證。七例韻字與註音字聲母皆同，因後有舌根鼻音的關係，將耕韻主要元音發音部位向後拉並高化，使其與東韻一等字發音近同；而除以「蒙」字為註音字之二例為耕韻開口字外，餘皆係耕韻合口字，然其合口性質與東韻合口性質相當，更是沒有差別。

第十種情況於《笠翁詩韻》中僅見一例，耕韻「崢」為床母，擬為〔ʤ´æŋ〕；真韻「振」有二讀，一為禪母擬為〔ʑien〕，一為照母擬為〔tɕien〕。三個音讀聲母皆為照系，其間關係之近可想而知。此例與前述第三種情況「韻字庚－註音字魂」相當，均為梗攝字與臻攝字間的語言聯繫，亦可視為韻尾混同之象，即舌根與舌尖鼻音的合流。

第十一種情況與第四種情況相類，然卻可見庚韻二等及三等字皆為耕韻之註音字，此乃與第四種情況最大不同之處。以庚韻三等「英」字為註音字之耕韻字，咸為影母，與「英」字同；影母為喉音聲母，耕韻則為二等字，因此在聲母與主要元音〔-æ-〕之間，會產生一個微弱的、帶半元音性質的〔-i-〕，如此，則與庚韻三等字有相同的發音條件，音讀近同。

第十二種情況四例，末二例以「音與某同」之註音形式標音，第一例與第四例韻字及註音字皆為幫母；第二例韻字為滂母，註音字為幫母，顯示幫滂有合流現象：第三例韻字為娘母，註音字為泥母，前文於討論東、多二類時即已為此闡釋說明，泥、娘合流早於唐代即已發生，至元、明時更為確定，《經史正音切韻指南》「交互音」條下指出：「泥孃穿徹同時用。」《洪武正韻》則將泥、娘二母併為奴類，就《笠翁詩韻》屢現泥、娘二母字互註的情況來說，當時早已混同不分。耕、登二韻間，當是因舌根鼻音韻尾的影響，使主要元音的位置往後拉，因此耕韻之主要元音〔-æ-〕便與登韻〔-ə-〕發音趨近，聽聞相同。

第十三種情況三例，咸以東韻三等字「穹」為註音字，三例韻字與註音字皆為群母字。清韻為一三等韻，由前述第五種情況看來，清韻僅配三等韻字。清韻字的發音歷程較為轉折，不符合以輕鬆、簡單為原則的發音習慣，因此在發音時，易將舌面前元音〔-ɛ-〕排擠掉，讓發音時較為順遂通暢；而清韻的〔-u-〕與東韻〔-o-〕均為舌面後圓唇元音，發音方法相同而部位相近，加以皆有舌根鼻音韻尾往後拉提，因此發音時聽聞類同。第十四種情況「韻字清－註音字鍾」二例，韻字與註音字皆為三等韻字，聲母亦都相同。據前述，則清韻

之主要元音易被排擠而消失，因此而與鍾韻字讀音近同。

　　第十五種情況與第五種情況相類，此處亦以庚韻三等字與清韻字相配。前二例以「榮」為註音字，擬為〔jǐuaŋ〕，係一庚韻為母字；而清韻「營」、「塋」二字則為喻母字，擬為〔Øǐuɛŋ〕。喻三及喻四間的關係自古以來極為密切，在十世紀守溫定三十六字母時，已不分二類；《廣韻》呈現喻為分離的現象，當是為了會通南北是非，古今通塞而設。韻字與註音字之主要元音皆係舌面前元音，因舌根鼻音韻尾影響，當使發音部位往後並高化，讀來便無二致。「瓔」、「纓」、「攖」三例，皆以庚韻「英」字為註音字，韻字與註音字聲母皆同。以「英」字為註音字尚可見於第十一種情況中，其例甚繁，由此觀之，庚、耕、清三韻有部分韻字產生合流現象，其條件在於影母三等字；耕韻雖無三等字，然如前文所述，因語音衍化出細音成份，因此讀來與庚、清二韻之三等影母字無異。韻字「并」為幫母字，擬為〔pǐɛŋ〕；註音字「平」則為並母字，擬為〔b´ǐuaŋ〕。李漁以全濁音註清音，顯示當時濁音已清化；此外，「平」字較「并」字多了一個合口性質的〔-u-〕，然因前有唇音聲母，故被異化而消失；加以舌根鼻音韻尾的影響，使「并」、「平」二字主要元音趨於相同，發音相似。以「影」為註音字之二韻字皆為喻母，因發音部位相近而互註，加以前述第八種情況合而視之，顯示此時影、疑、喻三母已然合流。「輕」、「慶」二字聲母皆為溪母，亦因主要元音相近而發音相似。末三例以庚韻三等合口字註清韻開口字，顯然有合口成份的差異。此差異於末二例中，因聲母為「幫」故〔-u-〕異化而消失；於「頸」、「景」例中，聲母同為「溪」。《笠翁詩韻》以「景」為註音字者有三，皆為庚韻三等開口字，「景」字本身亦以庚韻三等開口字註之，顯然庚韻三等開口為其當時音讀，故雖「頸」較「景」多了一個合口成份，然而當時必然已經消失，故讀音近同。

　　第十六種情況六例，韻字與註音字聲母俱同，且皆為舌尖音。第五例及第六例各以「叶某某聲」及「某某聲」的註音形式標音。李漁以青韻字註清韻字，僅主要元音不同，然均為舌面前元音，在舌根鼻音韻尾的影響下，發音部位往後並高化，因此二者聽來並無太大差異。

　　第十七種情況七例，前五例咸以蒸韻「稱」註音，唯獨第五例以「某某聲」之註音形式標音。稱為蒸韻穿母字，而五例韻字聲母則皆為知系。知系與照系均為舌面前聲母，發音部位相同，因此發音感覺無異，顯示知系與照系有合流

趨勢。此外，七例清韻字主要元音爲舌面前元音，受舌根鼻音韻尾影響而後拉，而蒸韻字之主要元音爲央元音，亦較前元音發音部位爲後，因此此五例清韻字發音便如同蒸韻字。

　　第十八種情況僅一例，乃以侵韻字「甚」註清韻字「盛」。二者皆爲禪母，主要元音發音部位相近，唯獨鼻音韻尾發音部位差異甚大，前者爲雙唇鼻音，後者爲舌根鼻音。由此例可知，此時雙唇鼻音韻尾已與舌根鼻音韻尾合流。無獨有偶，前文於眞類敘述中，亦得見以侵韻「甚」字爲眞韻「愼」字註音，由此觀察，則不僅舌根鼻音與雙唇鼻音合流，舌尖鼻音與舌根鼻音亦有混同現象，正合前文眞類敘述中對三組鼻音韻尾所得合流之結果。

　　青類較爲單純，韻字與註音字幾乎以青韻爲主，少數以他韻爲韻字或註音字者，則有五種情況，茲以表列說明。

表 2-35　青類異部相註

①韻字青－註音字鍾			
韻　字	註音字	擬　音	註音形式
坰	恭	-iuŋ	
駉	恭	-iuŋ	
扃	恭	-iuŋ	

②韻字青－註音字庚			
韻　字	註音字	擬　音	註音形式
熒	榮	-iuaŋ	
螢	榮	-iuaŋ	
嵤	榮	-iuaŋ	
榮	榮	-iuaŋ	
並	丙	-iuaŋ	
徑	敬	-iaŋ	
經	敬	-iaŋ	
磬	慶	-iaŋ	
脛	杏	-aŋ	

③韻字青－註音字清			
韻　字	註音字	擬　音	註音形式
青	清	-iɛŋ	

冥	名	-iɛŋ	
螟	名	-iɛŋ	
溟	名	-iɛŋ	
銘	名	-iɛŋ	
蓂	名	-iɛŋ	
醒	省	-iɛŋ	
瑩	塋	-iɛŋ	
醒	悻	-iɛŋ	

④韻字青－註音字蒸

韻　字	註音字	擬　音	註音形式
馨	興	-iəŋ	

⑤韻字青－註音字登

韻　字	註音字	擬　音	註音形式
寧	能	-əŋ	

青類韻字與他部註音字互註的情況，除直音形式外，無以其他註音形式表之。
在各種情況中，大致因主要元音相近，因此發音亦近，始可互註。值得注意
的是，第一種情況「韻字青－註音字鍾」中，青韻字擬爲〔-iueŋ〕，與鍾韻
註音字〔-iuŋ〕間差別在於元音〔-e-〕，據前所述，此乃〔-e-〕於發音過程中
遭排擠而失落。第二種情況「韻字青－註音字庚」九例，前四例咸以庚韻三
等合口字「榮」註音，被註之韻字亦爲青韻三等合口字，顯然係因主要元音
發音部位相近始可爲註；第五例以庚三等合口字「丙」註青韻三等開口字
「並」，則是因「丙」字受幫母影響而異化合口成份；第六、七、八三例皆以
庚韻三等開口字註青韻三等開口字，情況一如前四例，僅無合口成份；末例
以庚韻二等開口字「杏」註青韻三等開口字「脛」，二者間存在細音成份的差
別，蓋因「杏」字爲匣母二等，於語音演化時主要元音〔-a-〕與聲母之間產
生一個短弱的、帶輔音性質的〔-i-〕，因此發音便與「馨」近同。第五種情
況中，以登韻字註青韻字，彼此間產生了細音差異。《廣韻》、《集韻》等韻書
中，寧字不分二音；明代韻書《詩韻輯略》、字書《字彙》及《正字通》亦無
見登韻音；時至《漢語方音字匯》，各方言點中「寧」字卻分二義，一爲「安
寧」之寧，一爲「寧可」之寧，二者讀音實有區別。細究《笠翁詩韻》，於九
青「寧」字條下註云：「能。願詞也。」據其義可知李漁乃以「寧可」一義收

其字也，恰合「寧可」之義。於去聲二十五徑中，「寧」分二義，一表「邑名」，一為「願詞」，同以青韻去聲韻字「佞」註音，可見自李漁時該字已因義分音，而以蒸韻「能」字為其中一音註音。通泰方言各方言點中，「寧可」之「寧」標音有三，除南通二音為〔nɛ̃〕與〔leŋ〕外，其餘各地皆標〔nəŋ〕音，可為輔證。

　　蒸類韻字與註音字間，如不計同部相註，則異部相註的部分經歸納整理，可得七種情況，茲以表列說明。

表 2-36　蒸類異部相註

①韻字蒸－註音字庚			
韻　字	註音字	擬　音	註音形式
膺	英	-iaŋ̍	
應	英	-iaŋ̍	
蠅	英	-iaŋ̍	
膺	英	-iaŋ̍	音與英同
凝	迎	-iaŋ̍	
應	映	-iaŋ̍	
凭	平	-iaŋ̍	音與平同
冰	兵	-iuaŋ̍	
弸	兵	-iuaŋ̍	
②韻字蒸－註音字清			
韻　字	註音字	擬　音	註音形式
承	成	-iɛŋ̍	
丞	成	-iɛŋ̍	
繩	成	-iɛŋ̍	
澠	成	-iɛŋ̍	
乘	成	-iɛŋ̍	
塍	成	-iɛŋ̍	
懲	呈	-iɛŋ̍	
澄	呈	-iɛŋ̍	
烝	征	-iɛŋ̍	
脀	征	-iɛŋ̍	
徵	征	-iɛŋ̍	

升	聲	-i̯ɛŋ	
稱	聲	-i̯ɛŋ	音與聲同
凌	令	-i̯ɛŋ	音與令同
蒸	貞	-i̯ɛŋ	音與貞同
蠅	盈	-i̯ɛŋ	音與盈同
冼	睛	-i̯ɛŋ	
拯	整	-i̯ɛŋ	
證	正	-i̯ɛŋ	
乘	盛	-i̯ɛŋ	
甑	晶	-i̯ɛŋ	晶去聲
勝	聖	-i̯ɛŋ	
③韻字蒸－註音字青			
韻　字	註音字	擬　音	註音形式
陵	靈	-ieŋ	
淩	靈	-ieŋ	
鯪	靈	-ieŋ	
綾	靈	-ieŋ	
夌	靈	-ieŋ	
輘	靈	-ieŋ	
菱	靈	-ieŋ	
矜	經	-ieŋ	
興	形	-ieŋ	叶形去聲
凭	並	-ieŋ	
④韻字蒸－註音字侵			
韻　字	註音字	擬　音	註音形式
凝	吟	-i̯əm	吟去聲
⑤韻字登－註音字東			
韻　字	註音字	擬　音	註音形式
瞢	蒙	-oŋ	
儚	蒙	-oŋ	
鞃	洪	-oŋ	
弘	洪	-oŋ	
肱	工	-oŋ	
薨	烘	-oŋ	轟。音烘。

⑥韻字登－註音字庚

韻　字	註音字	擬　音	註音形式
朋	彭	-aŋ	
恒	行	-aŋ	
亙	更	-aŋ	叶更去聲

⑦韻字登－註音字耕

韻　字	註音字	擬　音	註音形式
崩	繃	-æŋ	
能	儜	-æŋ	
肯	硿	-æŋ	叶硿上聲
薨	轟	-uæŋ	轟。音烘。

經由以上整理，可以看出蒸、登二韻與他部韻字間的聯繫，多半著重於主要元音發音部位相近，始可互通。值得注意的是，第一種情況「韻字蒸－註音字庚」末二例以庚韻三等合口字「兵」為註音字，實因聲母「幫」之影響，促使合口成份異化而消失。第四種情況「韻字蒸－註音字侵」由侵韻字「吟」為蒸韻字「凝」註音，「吟」擬為〔ŋiəm〕，「凝」擬為〔ŋiəŋ〕，同為疑母，僅雙唇與舌根鼻音韻尾之不同。無獨有偶，前述庚類第十八種情況，亦為舌根與雙唇鼻音韻尾之互註，顯見鼻音韻尾的互通趨勢已逐成氣候。第五種情況「韻字登－註音字東」六例，前二例以東韻一等開口字註登韻一等開口字，在於登韻主要元音受韻尾影響而使發音部位退後而相近；後四例則依然由東韻一等開口字註音，被註字卻為登韻一等合口字，顯然有合口成份的差別，其合口成份與東韻主要元音〔-o-〕性質相近，皆為圓唇元音；再者，登韻元音〔-ə-〕為一央元音，其音甚弱，難於發音中辨別，故雖有所差異，然實際發音時卻無二致，故可為註。第七種情況「韻字登－註音字耕」四例，前三例以耕韻二等開口字註登韻一等開口字，末例則以耕韻二等合口字註登韻一等合口字，分判秩然。

縱上所述，則為梗、曾二攝各韻韻字與註音字間的音韻聯繫。除此之外，於去聲中，可見由庚韻上聲字「杏」註庚韻去聲「行」、「脛」等字，由清韻上聲字「靖」註清韻去聲「淨」、「穽」等字，由青韻上聲字「並」註庚韻去聲「病」、「平」及蒸韻去聲「凭」等字。「杏」、「並」、「靖」等字各為全濁聲母匣、並、從，佐以上聲，則為去聲註音，顯見濁上歸去之聲調條件亦於此

演變。

李漁近體詩作中，八庚獨押者凡四十九首，上聲一首，古詩四首；九青獨押者凡十三首，上去聲無，古詩無；蒸韻獨押者凡十四首，上去聲無，古風無。合韻狀況頗爲複雜，庚青合押者七首，古詩一首；庚蒸合押者一首，古詩一首；青蒸合押者二首，古詩一首；庚青蒸合押者近體無，古詩二首；庚眞合押者一首，古詩一首；庚眞文合押者近體無，古詩一首；青眞合押者近體無，古詩一首；青眞元合押者近體無，古詩一首；庚侵合押者一首，古詩一首；庚眞侵合押者近體無，古詩一首；蒸侵合押者一首，古詩無。合韻譜如下所示：

表2-37　庚青蒸三類合韻譜

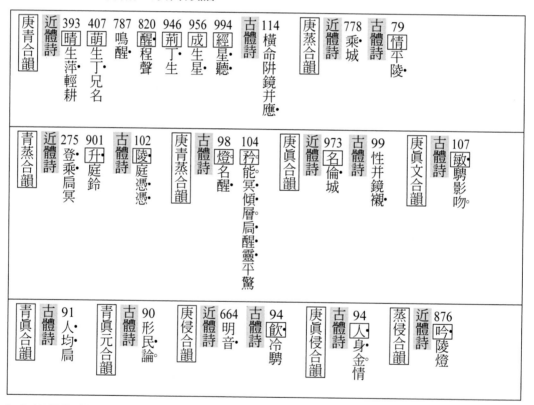

由合韻譜觀其合韻狀況，可以與前述韻字與註音字間的關係作一連結。前文已明，庚類、青類與蒸類彼此間因主要元音相近，韻尾相同，加以語音因時演變等因素，始可互通。合韻譜亦展現此狀況，無論兩兩互押或三類通押，咸因其讀音上已趨近同，發音上無顯著差異，始可通叶。此外，前文分別在庚類第十種情況耕眞互通、第十八種情況清侵互通及蒸類第四種情況蒸侵互通，該些現象於合韻譜中亦有所發現，呈現鼻音韻尾的混押，顯然無論於製韻理論抑實際詩文操作，鼻音韻尾的混同已是必然之趨勢是也。

（十）尤　類

十一尤／二十五有／二十六宥：包括《廣韻》韻目尤〔-i̯ou〕、侯〔-ou〕、幽〔-i̯əu〕、屋〔-ok〕

　　《廣韻》系統中，尤、侯、幽三韻同用；《笠翁詩韻》承其作法，將流攝字統爲尤韻一部。尤類韻字與註音字間，如不計同部相註，則異部相註可分爲六種情況，表列如下。

表 2-38　尤類異部相註

①韻字尤－註音字幽

韻　字	註音字	擬　音	註音形式
憂	幽	-i̯əu	
穩	幽	-i̯əu	
麀	幽	-i̯əu	
優	幽	-i̯əu	
鳩	糾	-i̯əu	叶糾平聲

②韻字侯－註音字尤

韻　字	註音字	擬　音	註音形式
瞀	牟	-i̯ou	
涑	蒐	-i̯ou	
鮌	鄒	-i̯ou	
陬	鄒	-i̯ou	
諏	鄒	-i̯ou	
奏	鄒	-i̯ou	鄒去聲

③韻字幽－註音字尤

韻　字	註音字	擬　音	註音形式
幽	憂	-i̯ou	
黝	友	-i̯ou	
幼	右	-i̯ou	
鯑	求	-i̯ou	
虯	求	-i̯ou	
穆	鳩	-i̯ou	
繆	鳩	-i̯ou	
糾	久	-i̯ou	

赳	久	-i̯ou	

④韻字屋－註音字尤

韻　字	註音字	擬　音	註音形式
忸	紐	-i̯ou	
肉	揉	-i̯ou	

⑤韻字屋－註音字侯

韻　字	註音字	擬　音	註音形式
讀	豆	-ou	

⑥韻字侯－註音字魚

韻　字	註音字	擬　音	註音形式
取	咀	-i̯o	叶咀上聲

表中呈現尤類三韻間彼此互註的情況，其中以尤、幽二韻互註之例爲繁。尤、幽均爲三等韻，差別在於主要元音的不同，然一旦受到後高元音的影響，幽韻主要元音〔-ə-〕便高化而與尤韻近同。第二種情況則是尤、侯二韻間的互註，顯示三等韻與一等韻間雖有介音差異，然在精系與照系二等聲母之後，卻可合流。第四與第五種情況皆以屋韻字爲韻字卻入於尤類之現象，三例分別與尤韻及侯韻相註。「忸」、「肉」二字擬爲〔-i̯ok〕，與尤韻字〔-i̯ou〕相配；「讀」字擬爲〔-ok〕，與侯韻字〔-ou〕相搭，在在顯見其塞音韻尾消亡後，並無衍生流攝韻尾〔-u〕，反而較爲接近遇攝字，如第六種情況所示。第六種情況中，以侯韻「取」字與魚韻「咀」字相註。侯韻和遇攝三韻間，與模韻較常相叶，與魚韻較無相關，然前文已明，侯韻及尤韻之精系與照系二等字得以合流，因此「取」字亦可視爲尤韻，實際上，《集韻》及《字彙》等書中亦收有尤韻音。如此一來，與魚韻間的關係一目了然，其韻尾〔-u〕亦是無從得見。流攝和遇攝間的關係，較常關注點在於脣音字的歸合問題，然《笠翁詩韻》直音系統中，卻發現流攝舌齒音字亦能歸入遇攝的現象，當以方言影響爲大。

　　聲母方面，多以同聲母字相註，少數聲母相異而相註者，如第二種情況除首例外諸例均是。第二例以侯韻心母字「涑」與尤韻疏母字「蒐」相註，乃精系與照系二等之合流。同爲精莊合流，尙有同種情況中，以尤韻莊母字「鄒」爲註音字之四例是也。第三種情況第二例，以幽韻影母字「黝」與尤韻爲母字

「友」相註，係影爲合流之象，亦爲零聲母化之進程。同屬影爲合流，尚有同種情況第三例，以幽韻影母字「幼」與尤韻爲母字「右」相註一例。

王力先生於《漢語詩律學》中，將尤韻歸爲寬韻，表其韻字甚夥，使用比例亦繁重。李漁詩作中，尤韻獨用者，近體凡七十四首，含上聲一首；古體凡二十七首，確也不負寬韻之名。至於與他韻通叶者較少，近體中僅見編號 835〈伊園十便〉（其三）一首，合韻譜如下所示：

表 2-39　尤類合韻譜

在韻字與註音字的分析中，未見與效攝相註者，然在詩作中，卻見與豪韻通叶者。該例於蕭類中已作說明，不贅。韻字與註音字的互註情況中，雖得與屋韻字及魚韻字之相通，然詩作中與屋韻字叶之例甚少，雖可見古體詩編號 69〈薄命歌〉以「讀」與「玉」、「哭」二字相押，然該字亦收於《笠翁詩韻》入聲一屋中，故當視其爲入聲韻段，而非尤屋合韻之例。至於與遇攝相押者，則完全無見於實際詩文操作中。

（十一）侵　類

十二侵／二十六寢／二十七沁：包括《廣韻》韻目侵〔-ɹem〕

《廣韻》系統中，侵類獨用；《笠翁詩韻》亦沿此作法，將侵韻獨立爲一類。如不計同部相註，則侵類中異部相註約有六種情況，茲表列說明。

表 2-40　侵類異部相註

①韻字侵－註音字真			
韻　字	註音字	擬　音	註音形式
斟	珍	-ien	
針	珍	-ien	
諶	辰	-ien	
心	辛	-ien	
愔	因	-ien	
音	因	-ien	

韻　字	註音字	擬　音	註音形式
淫	寅	-i̯en	
深	申	-i̯en	
吟	銀	-i̯en	
胗	眹	-i̯en	
枕上	軫	-i̯en	
稔	忍	-i̯en	
荏	忍	-i̯en	
恁	忍	-i̯en	
衽	忍	-i̯en	
稟	賓	-i̯en	叶賓上聲
飲	引	-i̯en	
蔭	印	-i̯en	
飲	印	-i̯en	
甚	愼	-i̯en	
讖	儭	-i̯en	

②韻字侵－註音字欣

韻　字	註音字	擬　音	註音形式
琴	勤	-i̯ən	
今	斤	-i̯ən	
歆	欣	-i̯ən	
錦	謹	-i̯ən	

③韻字侵－註音字臻

韻　字	註音字	擬　音	註音形式
簪	臻	-en	

④韻字侵－註音字清

韻　字	註音字	擬　音	註音形式
廩	領	-i̯ɛŋ	
凜	領	-i̯ɛŋ	
懍	領	-i̯ɛŋ	
枕去	正	-i̯ɛŋ	

⑤韻字侵－註音字青

韻　字	註音字	擬　音	註音形式
品	洴	-ieŋ	洴上聲

⑥韻字侵－註音字蒸

韻　字	註音字	擬　音	註音形式
深	升	-i̯əŋ	升去聲

由表中所示，則爲侵韻與眞、欣、臻等以舌尖鼻音韻尾爲主之韻相配，另外則與清、青、蒸等以舌根鼻音韻尾爲主之韻相合，足見侵韻的雙唇鼻音韻尾已漸與舌根或舌尖鼻音韻尾合流，換言之，則有消弱的傾向。此外，尙可見其主要元音的關係。侵韻主要元音爲央元音，在前高元音的引導下，趨向前化、高化，因此能與眞韻、青韻的〔-e-〕及清韻的〔-ɛ-〕相註。前文已明，眞韻、欣韻與侵韻在韻字及註音字上有語音演變的關係，且「甚、愼」與「錦、謹」更是互見其中，更可爲侵韻與眞、欣二韻相混提供強而有力的證據。在與臻攝相註之例中，除第三種情況「韻字侵－註音字臻」獨例外，餘皆與臻攝三等韻字相搭，此現象一如董同龢先生所言：「在-m 與-n 混的方言，深攝字總是和臻攝三等字混；即在韻尾不同的方言，元音仍是一樣的。」〔註 29〕同理，在與梗、曾攝相註之例中，亦僅及於三、四等韻字，當是因其皆具細音成份，使得發音相近。而唯一一例未見細音者，則是臻韻字。李漁以臻韻莊母二等字「臻」爲侵韻莊母三等字「簪」註音，顯見「簪」字雖仍置於三等侵韻內，然其細音已消亡，而與「臻」同。王力先生對此提出解釋，云：「莊系一部分字併入了精系，仍然能使齊齒變爲開口，因爲當時（案指中古時代）ʧ，ʧ´，ʃ 也有某種程度的捲舌傾向。」〔註 30〕並舉侵韻「森」等字爲例，恰與「簪」同爲侵韻莊系字。由此可見，「簪」字以「臻」字註音，當爲聲母捲舌化之影響所致。現今通泰方言中，亦得一組捲舌聲母，可爲佐證。

　　在王力先生的《漢語詩律學》中，侵韻是爲「中韻」，在詩作運用上僅次於寬韻，算是相當常見的韻類。在李漁詩作中，以侵韻爲詩韻者凡二十九首，其中有五首與他韻相叶，合韻譜製之如下。

〔註 29〕董同龢：《漢語音韻學》（台北：文史哲出版社，1998）頁 179。

〔註 30〕王力：《漢語史稿》（重排本）（北京：中華書局，2004）頁 163。

表 2-41　侵類合韻譜

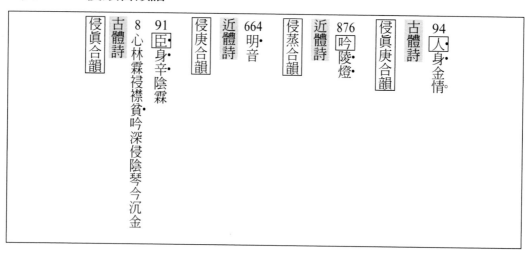

從合韻譜中可發現，不僅在韻字及註音字上可得侵韻與眞、蒸等韻間的關係，在實際詩文創作上，更是明確表現出來，證驗出鼻音韻尾的合流並非理論，而是時音的表現。在韻字與註音字中無見者，乃侵韻與庚韻之關係。在編號 664〈壬子夏日陪董大中丞暨轄下諸公隔水較射射畢暢飲大中丞命作五言絕句十首即席成之〉詩中，以侵韻的「音」與庚韻的「明」相叶，庚韻雖未見於註音字中，然亦以三等字相押；編號 94〈贈施匪莪司城〉詩中，「情」字則爲清韻，與侵韻間的關係已見於韻字與註音字間。合韻譜「侵眞庚」合韻的現象在前文述及眞類時，亦對眞韻及庚韻間的關係有所發現，此可視爲韻尾混同之雙重證據。

（十二）覃、鹽、咸三類

十三覃／二十七感／二十八勘：包括《廣韻》韻目覃〔-əm〕、談〔-ɑm〕

十四鹽／二十八琰／二十九豔：包括《廣韻》韻目鹽〔-ĭɛm〕、添〔-iem〕、嚴〔-ĭɐm〕、凡〔-ĭuɐm〕

十五咸／二十九湛／三十陷：咸〔-ɐm〕、銜〔-am〕、凡〔-ĭuɐm〕

《廣韻》系統中，覃、談同用，鹽、添同用，咸、銜同用，嚴、凡同用；《笠翁詩韻》將覃、談二韻合併爲下平聲十三覃，鹽、添、嚴、凡四韻合併爲十四鹽，咸、銜、凡三韻合併爲十五咸。凡韻主要歸於十五咸，十四鹽中亦可見凡韻者，主要出現在去聲部分，納進「劍」、「欠」二字是也，因此就整體韻字分

布而言，凡韻仍以十五咸爲主要收錄韻部。如此看來，《廣韻》與《笠翁詩韻》在詩韻分布上有所差距。同爲詩韻系韻書者，以《禮部韻略》爲主，該書分韻爲覃、談同用，鹽、添、嚴同用，咸、銜、凡同用，恰符李書分韻。

　　覃類韻字與註音字間，若不計同部相註，則異部相註約可分爲六種情況，茲表列說明。

表 2-42　覃類異部相註

①韻字覃－註音字寒			
韻　字	註音字	擬　音	註音形式
南	難	-an	
諵	安	-an	
鵪	安	-an	
馣	安	-an	
庵	安	-an	
貪	灘	-an	
頷	旱	-an	
撼	旱	-an	
欿	旱	-an	
紺	幹	-an	
暗	案	-an	

②韻字覃－註音字談			
韻　字	註音字	擬　音	註音形式
覃	談	-am	
嵐	藍	-am	
耽	擔	-am	
眈	擔	-am	
毿	參	-am	
弇	甘	-am	音與甘同
感	敢	-am	
襢	淡	-am	
萏	淡	-am	

③韻字覃－註音字咸			
韻　字	註音字	擬　音	註音形式
涵	咸	-ɐm	

含	咸	-ɐm	
函	咸	-ɐm	
鹹	咸	-ɐm	

④韻字談－註音字寒

韻　字	註音字	擬　　音	註音形式
藍	闌	-an	
覽	懶	-an	
膽	丹	-an	叶丹上聲
毯	坦	-an	
淡	但	-an	

⑤韻字談－註音字覃

韻　字	註音字	擬　　音	註音形式
慚	蠶	-əm	
擔	耽	-əm	音與耽同
聃	貪	-əm	音與貪同
酣	含	-əm	
敢	感	-əm	
瞰	勘	-əm	
暫	簪	-əm	簪去聲

⑥韻字談－註音字銜

韻　字	註音字	擬　　音	註音形式
三	衫	-am	衫去聲

首先，可由表中窺見雙唇鼻音與舌尖鼻音的混同，此可由覃、談二韻皆與寒韻字相配的情況得見。前文已明，寒韻分別與覃、談二韻相配，如「南難」、「覽懶」皆互見於寒類與覃類中，顯示韻尾的混同不僅在寒類中表現，亦展現於覃類中，如董同龢先生云：「凡在-m 變-n 的方言，咸攝字與山攝字都不分。」〔註31〕其次，可見者為異部混同的現象最主要仍取決於主要元音發音部位相近，始能相配。第三，第五種情況「韻字談－註音字覃」末例，以覃韻精母「簪」字為談韻從母「暫」字註音，顯然除了韻部混同外，尚見「暫」字從母有濁音清化的現象，因此李漁得以「簪」字去聲為其註音。第四，第

〔註31〕董同龢：《漢語音韻學》（台北：文史哲出版社，1998）頁 179。

六種情況「韻字談－註音字銜」獨例中，以銜韻疏母「衫」字爲談韻心母「三」字註音，可見不僅在韻部上混同，在聲母方面亦呈現照二系與精系的合流。

　　鹽類韻字與註音字間，若不計同部相註，異部相註的情況則多達十四種，茲以表列說明。

表 2-43　鹽類異部相註

①韻字鹽－註音字元			
韻　字	註音字	擬　音	註音形式
炎	言	-ĭuɐn	
喙	言	-ĭuɐn	

②韻字鹽－註音字先			
韻　字	註音字	擬　音	註音形式
銛	先	-ien	
纖	先	-ien	
韱	先	-ien	
憸	先	-ien	
綅	先	-ien	
摻	先	-ien	
暹	先	-ien	
淹	烟	-ien	
尖	箋	-ien	
砭	邊	-ien	
籤	千	-ien	
僉	千	-ien	
險	顯	-ien	
貶	匾	-ien	
厭	燕	-ien	燕去聲

③韻字鹽－註音字仙			
韻　字	註音字	擬　音	註音形式
廉	連	-ĭɛn	
髯	然	-ĭɛn	
蚺	然	-ĭɛn	
柟	然	-ĭɛn	

潛	錢	-iɛn	
灊	錢	-iɛn	
鬵	錢	-iɛn	
壓	焉	-iɛn	
厭	焉	-iɛn	
琰	演	-iɛn	
漸	淺	-iɛn	
占	轉	-iuɛn	

④韻字鹽－註音字侵

韻　字	註音字	擬　音	註音形式
爝	尋	-iəm	

⑤韻字鹽－註音字嚴

韻　字	註音字	擬　音	註音形式
鹽	嚴	-iɐm	

⑥韻字鹽－註音字添

韻　字	註音字	擬　音	註音形式
驗	念	-iem	

⑦韻字鹽－註音字咸

韻　字	註音字	擬　音	註音形式
歁	臉	-ɐm	

⑧韻字鹽－註音字銜

韻　字	註音字	擬　音	註音形式
檢	監	-am	叶監上聲

⑨韻字添－註音字先

韻　字	註音字	擬　音	註音形式
添	天	-ien	
嫌	賢	-ien	
謙	牽	-ien	
忝上	腆	-ien	
忝去	天	-ien	天去聲
歉	牽	-ien	牽去聲
念	年	-ien	年去聲

⑩韻字添－註音字仙

韻　字	註音字	擬　音	註音形式
憯	賤	-iɛn	

⑪韻字添－註音字鹽

韻　字	註音字	擬　音	註音形式
點	占	-iɛm	

⑫韻字嚴－註音字元

韻　字	註音字	擬　音	註音形式
籤	言	-iɛn	
嚴	言	-iɛn	
薇	軒	-iuan	
杴	軒	-iuan	
忺	軒	-iuan	

⑬韻字嚴－註音字鹽

韻　字	註音字	擬　音	註音形式
儼	剡	-iɛm	

⑭韻字凡－註音字先

韻　字	註音字	擬　音	註音形式
劍	見	-ien	
欠	牽	-ien	牽去聲

首先，由表中清楚可見鹽類大量與元、先、仙等韻韻字相配，同前所述，此現象代表雙唇鼻音韻尾與舌尖鼻音韻尾的混同。前文已明，先類韻字與註音字間，亦大量與鹽、添、嚴等韻相配。鹽類與先類的相配，除韻尾混同外，亦呈現其間關係以開口三、四等韻爲主，簡言之便是以細音成份爲主要相合條件。然而，在與元類「言」字爲註音字的情況中，如第一種情況及第十二種前二例，乃以元韻三等合口字爲鹽類字註音，差別在於三等合口〔-iu-〕變成〔-i-〕，此乃語音演變上的常態，前文已見多例。此外，在第二種情況「韻字鹽－註音字仙」倒數第二例中，以仙韻清母「淺」字爲鹽韻從母「漸」字註音，顯示濁音聲母已然清化。同樣的例子亦出現於第十種情況「韻字添－註音字仙」獨例，「憯」爲添韻精母字，「賤」爲仙韻從母字，亦有清化之跡。第十一種情況「韻字添－註音字鹽」獨例中，以嚴韻端母字「點」與鹽韻照

母字「占」相配，顯示端系與照系三等合流的趨勢。第十三種情況「韻字嚴－註音字鹽」以嚴韻疑母字「儼」與鹽韻喻母字「剡」相配，則顯示疑、喻二母合流，當為零聲母化之結果。前文已明，鹽類納進「劍」、「欠」二凡韻字，該二字於《廣韻》嚴韻去聲中，同屬該部之反切下字，但如為韻字則隸於凡韻去聲，故董同龢先生謂「醶梵的界限廣韻不清楚，需依韻圖。」〔註32〕韻圖中則明顯呈現出二字皆屬凡韻的狀況。聲調方面，則在同部相註之例中有濁上歸去之跡，如上聲中，以添韻端母去聲字「店」為添韻定母上聲字「簟」註音即是一例。

　　咸類韻字與註音字間，若不計同部相註，異部相註的情況則有九種，茲表列說明如下。

表 2-44　咸類異部相註

①韻字咸－註音字山			
韻　字	註音字	擬　音	註音形式
咸	閑	-ɐn	
斬	盞	-ɐn	

②韻字咸－註音字覃			
韻　字	註音字	擬　音	註音形式
喃	南	-əm	
黯	暗	-əm	

③韻字咸－註音字鹽			
韻　字	註音字	擬　音	註音形式
詀	占	-iɛm	

④韻字咸－註音字添			
韻　字	註音字	擬　音	註音形式
減	兼	-iem	兼上聲

⑤韻字咸－註音字銜			
韻　字	註音字	擬　音	註音形式
喦	巖	-am	
巉	巖	-am	

〔註32〕董同龢：《漢語音韻學》（台北：文史哲出版社，1998）頁 178。

杉	衫	-am	
緘	監	-am	
饞	巉	-am	
毚	巉	-am	
讒	巉	-am	
儳	巉	-am	
摻	衫	-am	衫上聲
陷	檻	-am	

⑥韻字銜－註音字談

韻　字	註音字	擬　音	註音形式
闞	瞰	-ɑm	

⑦韻字銜－註音字添

韻　字	註音字	擬　音	註音形式
嵌	謙	-iem	

⑧韻字銜－註音字咸

韻　字	註音字	擬　音	註音形式
銜	咸	-ɐm	音與咸同
巉	讒	-ɐm	音與讒同
監	緘	-ɐm	音與緘同
衫	杉	-ɐm	
檻	陷	-ɐm	

⑨韻字凡－註音字凡

韻　字	註音字	擬　音	註音形式
颿	凡	-ǐuɐm	

　　首先，由咸韻字與山韻相配的情況中，可明顯看出舌尖鼻音韻尾與雙唇鼻音韻尾的合流。其次，咸類韻字與覃類、鹽類註音字都有相配的情況，可見因其主要元音發音部位相近的關係使異部間得以相標音。然而，當中可見以鹽、添等三四等字為二等的咸、銜註音者凡三例，分別為第三種、第四種及第七種情況之獨例。其中，末二例一為咸韻見母字「減」，一為銜韻溪母字「嵌」，皆屬二等舌根音，在語音演變上舌根音在主要元音之間會逐漸產生一個短弱的、帶半元音性質的〔-i-〕。至於另例以咸韻知母字「詀」與鹽韻照母字「占」相配，顯示知系與照三合流。無獨有偶，據前所述，鹽類中亦有占字，唯其

爲添韻端母字「點」註音；細查《漢語方音字匯》，在各方言點中，自北而南呈現出開口至齊齒的演變狀態，吳語區三地則是揚州 ctɕiẽ，蘇州 ctsø，溫州 ctɕi〔註33〕，皆帶有細音成份。由此可見，「詀」雖不如「減」、「嵌」二字可因二等舌根音而產生出一個短弱的〔-i-〕，但顯然已分化出亦帶細音的另音，始與「占」字相註。複次，第二種情況「韻字咸－註音字覃」以咸韻娘母「喃」字與覃韻泥母「南」字註音，顯示泥娘合流。前文已明，泥娘合流自守溫韻學殘卷已存在，在許多方言裡亦無區別，故李方桂先生云：「娘母 n̩-在守溫韻學殘卷裡與泥母不分，在近代方言中也跟泥母沒有什麼不同的演變。……就一般的語言而論，鼻音的分辨遠不如塞音分辨的細，所以有些方言不分泥娘並不奇怪。」〔註34〕其說甚是。第四，第九種情況「韻字東－註音字凡」是較爲令人匪夷所思之例，經查各書，《廣韻》僅東韻音，《集韻》則有東韻、凡韻及凡韻去聲三音。《廣韻》所錄之字義爲「弘大聲也」，與李書相悖；《集韻》錄之三音，除東韻外，字義皆爲「中庸之聲」，始得李書之音義。再就明代韻書《詩韻輯略》言，該字互見於〈上平聲・一東〉、〈下平聲・十五咸〉及〈去聲・三十陷〉中，在後二者中隸於小韻字「凡」、「泛」之下，亦爲「中庸之聲」義；明代字書《字彙》除字義與李書相合外，更明確言「符咸切音凡」。由此種種，可見「渢」字本具多音，東凡兼備，實《廣韻》未收，不構其擾也。第五，在第五種情況「韻字咸－註音字銜」末例，及第八種情況「韻字銜－註音字咸」末例，「陷」、「檻」二字互註。「陷」爲咸韻匣母去聲字，「檻」則爲銜韻匣母上聲字，二者相註呈現出聲調上濁上歸去的結果。同爲濁上歸去者，尚有同部相註之例，如咸類上聲中，咸韻澄母上聲字「湛」以咸韻澄母去聲字「賺」註音；咸類去聲中，「湛」已爲韻字，以咸韻知母去聲字「站」註音。經檢各書，《廣韻》與《集韻》尚未有去聲音，時至明代，《詩韻輯略》、《字彙》及《正字通》均錄去聲音，《正字通》更明白表示該音爲俗讀。顯然此白話音甚爲普遍，可茲表音，使諸書皆錄其中。

　　前文述及元、寒、刪、先諸類時，發現與覃、鹽、咸諸類相合，並求之於

〔註33〕北京大學中國語言文學系語言學教研室編：《漢語方音字匯》（第二版重排本）（北京：語文出版社，2003）頁235。

〔註34〕李方桂：《上古音研究》（北京：商務印書館，2003）頁15。

李漁詩作，製合韻譜以茲說明。至於覃、鹽、咸諸類，韻字及註音字中，亦可見與元、寒等類互註的情況，足見咸攝與山攝間因語音演變的關係而變得更加密近。覃、鹽、咸等類韻字微少，王力先生稱之為窄韻及險韻，因此詩人墨客取其為詩者亦鮮有，如李漁不過十有八首，其中合韻者凡六首，茲以合韻譜呈現如下。

表2-45　覃鹽咸三類合韻譜

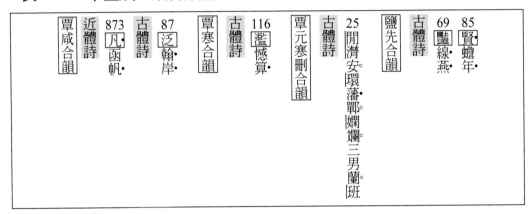

由合韻譜所示，同為咸攝之諸類，僅覃類與咸類有叶韻，其他皆為咸攝與山攝間的通押，足見咸攝與山攝不僅在韻字及註音字上呈顯出語音關係，實際詩文操作亦表現出二攝有相當密切的混同跡象。二攝能夠合流，最大的因素在於鼻音韻尾趨於一致的結果，當韻尾發音相近，主要元音差距又小，自然聽聞無異，正如董同龢先生《漢語音韻學》云：「凡在-m 變-n的方言，咸攝字與山攝字都不分；又在韻尾不同的方言，元音也一樣；所以他們原有相類的主要元音是沒有問題的。」〔註35〕所言甚是。

（十三）屋、沃二類

　　一屋：包括《廣韻》韻目屋〔-ok〕、〔-i̯ok〕、燭〔-i̯uk〕

　　二沃：包括《廣韻》韻目沃〔-uk〕、燭〔-i̯uk〕

《廣韻》系統中，屋韻獨用，沃、燭同用；《笠翁詩韻》同其分韻，分為一屋與二沃兩類，其中屋類因收有「足」字，故視其為屋、燭二韻兼具。屋類韻字與註音字間，倘不考同部相註，則異部相註的情況約可分為五種，茲表列如下說明。

〔註35〕董同龢：《漢語音韻學》（台北：文史哲出版社，1998）頁179。

表 2-46　屋類異部相註

①韻字屋－註音字沃			
韻　字	註音字	擬　音	註音形式
哭	酷	-uk	
忞	耨	-uk	

②韻字屋－註音字燭			
韻　字	註音字	擬　音	註音形式
速	束	-i̯uk	
楸	束	-i̯uk	
肅	束	-i̯uk	
叔	束	-i̯uk	
蔟	促	-i̯uk	
族	俗	-i̯uk	
僕	幞	-i̯uk	
肉	辱	-i̯uk	
畜	旭	-i̯uk	

③韻字屋－註音字東			
韻　字	註音字	擬　音	註音形式
禿	通	-oŋ	通入聲

④韻字屋－註音字文			
韻　字	註音字	擬　音	註音形式
倏	熏	-i̯uən	熏入聲

⑤韻字燭－註音字燭			
韻　字	註音字	擬　音	註音形式
足	促	-i̯uk	

前文已明，屋類雖以屋韻字為主，然於篇末收有「足」字，使其兼具屋、燭
二韻。該現象整理為第五種情況，並以同為燭韻字之「促」為其註音字。《廣
韻》與《集韻》中未見該字收於屋韻者，然由《正字通》作「子六切蹤入聲」
可觀其與屋韻間之密近關係。實際上，由第二種情況可知，屋、燭二韻實有
一定程度的相似，主要元音發音部位差別甚小，故音讀雷同。此外，前文述
及東、冬二類時，闡其東韻三等與鍾韻相合，東韻一等則與冬韻相配的規律，

第二種情況除末二例符此規律外，餘皆爲一等與三等之相配。第一種情況亦然，首例合其規律，末例爲一等與三等之相配。由此觀之，屋類與沃類之一、三等界線已逐漸消弭，混同不分。第三種情況與第四種情況皆由特殊註音形式標音，其中「禿」字以東韻字「通」之入聲標誌音讀，可以理解；「候」字以文韻字「熏」之入聲表達聲韻，啓人疑雲。文韻爲舌尖鼻音韻尾，其相配入聲爲舌尖塞音〔-t〕，以其爲屋韻字之註音字，或由於〔-k〕、〔-t〕已然無別，是其因也。

　　聲母方面，諸韻字以同聲母字相註爲主，少數聲母不同者如第一種情況末例，以屋韻娘母字「恧」與沃韻泥母字「泥」相註，顯示泥娘不分。第二種情況以燭韻審母字「束」爲註音字之前四例中，除第四例外，餘皆以屋韻心母字與其相註，顯示精系與照系三等合流。同種情況第六例，以屋韻從母字「族」與燭韻邪母字「俗」相註，顯示從母之塞音成份在此消亡。同種情況第七例，以屋韻並母字「僕」與燭韻奉母字「幞」相註，則爲輕唇化的呈現。而第五種情況獨例，以燭韻精母字「足」與清母字「促」相註，則是送氣與否無別的展示。

　　李漁詩作中，以入聲字爲韻字之作品近體雖有，然於古詩爲多，各韻間通用情況複雜，故本文擬將入聲十七部討論完整後，再行統一說明之。下同不贅。

　　沃類韻字與註音字間，倘不考同部相註，則異部相註的情況則有兩種，茲表列如下說明。

表 2-47　沃類異部相註

①韻字沃－註音字屋			
韻　字	註音字	擬　音	註音形式
沃	屋	-ok	
毒	獨	-ok	
鵠	斛	-ok	
酷	哭	-ok	
瑩	哭	-ok	
告	谷	-ok	
襮	僕	-ok	

②韻字燭－註音字屋			
韻　字	註音字	擬　音	註音形式
促	蔟	-ok	
燭	竹	-i̯ok	
屬	竹	-i̯ok	
囑	竹	-i̯ok	
蜀	孰	-i̯ok	
贖	孰	-i̯ok	
束	叔	-i̯ok	
綠	六	-i̯ok	
錄	六	-i̯ok	
騄	六	-i̯ok	
曲	麯	-i̯ok	
粟	夙	-i̯ok	
辱	肉	-i̯ok	

屋、沃二韻間的關係，乃主要元音發音部位相近之音，故得相註。屋、燭二韻則有一等與三等之別，除第二種情況首例外，餘皆為三等韻字相註。「促」字於前文已見，與被註字間在於一等與三等之差別，此處亦然，顯然該字已漸入沃韻，且發音上與屋韻「蔟」字無別。

聲母方面，諸韻字多為同聲母字相註，少數聲母不同者如第一種情況末例，以沃韻幫母字「襆」與屋韻並母字「僕」相註，顯然是濁音清化的結果。第二種情況以屋韻知母字「竹」為註音字之三例，皆為燭韻照母字，則為知系與照系的合流。同種情況第六例，以燭韻神母字「贖」與屋韻禪母字「孰」相註，顯示神母的塞音成份已然消亡，始與禪母字同。

（十四）覺、藥二類

三覺：包括《廣韻》韻目覺〔-ɔk〕

十藥：包括廣韻韻目藥〔-i̯ak〕、〔-i̯uak〕、鐸〔-ak〕、〔-uak〕

《廣韻》系統中，覺韻獨用，藥、鐸同用；《笠翁詩韻》同其分韻，分為三覺與十藥兩類。唯〈十藥〉後半遭致毀損，無法窺其全貌，經與《廣韻》相互對照，則〈十藥〉缺乏開口透、精、清、從、心、見、溪、疑、幫、滂、並、

影、曉、匣、泥諸母字，及合口見、溪、疑、精、影、匣、來諸母字。由剩餘之覺類韻字與註音字中，不考同部相註，則異部相註的情況約可分為三種，茲表列如下說明。

表 2-48　覺類異部相註

①韻字覺－註音字燭			
韻　字	註音字	擬　音	註音形式
齪	促	-iuk	

②韻字覺－註音字藥			
韻　字	註音字	擬　音	註音形式
碻	却	-iak	
踔	綽	-iak	

③韻字覺－註音字鐸			
韻　字	註音字	擬　音	註音形式
邈	莫	-ak	
雹	泊	-ak	
犖	洛	-ak	

由上表可知，覺韻主要與藥、鐸二韻互有關係，與燭韻間僅得一例，便是以「促」為註音字者，顯然此處亦是合流。第二種情況首例，藥韻與二等覺韻相差一〔-i-〕介音，乃因二等韻加以舌根聲母影響，衍生出一微弱的、帶半元音成份的〔-i-〕介音。第三種情況中，藥韻與鐸韻有發音部位相近的主要元音，音讀近同，故得相註。

聲母方面，僅二例為異部聲母相註者。第一種情況獨例，以覺韻初母字「齪」與燭韻清母字「促」相註，為精系與照系二等之合流。第二種情況末例，以覺韻徹母字「踔」與藥韻穿母字「綽」相註，則是知系與照系之混同。

藥類韻字與註音字間，倘不計同部相註，則異部相註呈現兩種情況，茲表列如下說明。

表 2-49　藥類異部相註

①韻字藥－註音字覺			
韻　字	註音字	擬　音	註音形式
腳	覺	-ɔk	

屬	覺	-ɔk	
蹻	覺	-ɔk	

②韻字藥－註音字陽

韻　字	註音字	擬　音	註音形式
縛	房	-i̯uaŋ	叶房入聲

假使不考第二種情況，則藥韻之註音字相當純粹，僅與覺韻相註。藥韻為三等
韻，覺韻為二等韻，當係因二等覺韻字皆為舌根音見母字，於主要元音前當產
生一微弱且帶半輔音成份的介音〔-i̯-〕，故二韻得以相註。

（十五）曷、合二類

七曷：包括《廣韻》韻目曷〔-at〕、末〔-uat〕

十五合：包括《廣韻》韻目合〔-əp〕、盍〔-ap〕

《廣韻》系統中，曷、末同用，合、盍同用；《笠翁詩韻》同其分韻，分為
七曷與十五合兩類。曷類中，曷韻及末韻為開合互補之二韻，倘不計同部相註，
則異部相註的情況約可分為五種，茲表列如下說明。

表 2-50　曷類異部相註

①韻字曷－註音字盍			
韻　字	註音字	擬　音	註音形式
曷	盍	-ap	
闥	塔	-ap	
撻	塔	-ap	
獺	塔	-ap	
②韻字曷－註音字合			
韻　字	註音字	擬　音	註音形式
怛	答	-əp	
③韻字曷－註音字寒			
韻　字	註音字	擬　音	註音形式
渴	看	-an	叶看入聲
④韻字曷－註音字泰			
韻　字	註音字	擬　音	註音形式
汏	太	-ai	

⑤韻字末－註音字鐸

韻　字	註音字	擬　音	註音形式
撮	錯	-ɑk	

⑥韻字末－註音字麻

韻　字	註音字	擬　音	註音形式
闊	夸	-uɑ	夸入聲

由上表所示，首先觸目可及者爲〔-p〕、〔-t〕、〔-k〕韻尾的混同，顯然在李漁時代，入聲韻尾已走向合流甚或消亡的狀態。其次，各韻部間仍因主要元音發音部位相近而得以互註。第三，著眼於第三種與第六種情況，前者以陽聲韻寒韻字，後者以陰聲韻麻韻字爲其註音字。前者作法可以理解，以舌尖鼻音韻尾對應舌尖塞音韻尾；後者則顯然取麻韻與末韻有同介音、同主要元音之關係，配以末韻之舌尖塞音韻尾〔-t〕，明其音讀。第四，在第四種情況獨例中，以陰聲韻泰韻「太」字爲其註音字。實際上，「汰」字就《笠翁詩韻》之註義爲「過也」而言，即爲「汰」字，本有二音，乃曷韻及泰韻。此處李漁將其收於曷類中，並註其音爲泰韻音，當爲表達「汰」一字二音之時音狀況。

　　合類韻字及註音字中，倘不計同部相註，則異部相註的情況約可分爲三種情況，茲表列如下說明。

表 2-51　合類異部相註

①韻字合－註音字盍			
韻　字	註音字	擬　音	註音形式
合	盍	-ɑp	
溘	榼	-ɑp	
②韻字合－註音字曷			
韻　字	註音字	擬　音	註音形式
颯	撒	-ɑt	
③韻字盍－註音字合			
韻　字	註音字	擬　音	註音形式
闔	合	-əp	
盍	合	-əp	
榼	溘	-əp	

首先注意者仍是韻尾的混同，由第二種情況可知舌尖塞音韻尾與雙唇塞音韻尾的合流。其次，亦在於各韻部間主要元音相近，始得互註。基本上，合類之韻字與註音字相當單純，並未摻雜太多變數在內。

（十六）質、物、月、黠、屑、陌、錫、職、緝、葉、洽十一類

四質：包括《廣韻》韻目質〔-ǐet〕、術〔-ǐuet〕、櫛〔-et〕

五物：包括《廣韻》韻目物〔-ǐuət〕、迄〔-ǐət〕

六月：包括《廣韻》韻目月〔-ǐwɐt〕、〔-ǐɐt〕、沒〔-uət〕

八黠：包括《廣韻》韻目黠〔-ăt〕、〔-uăt〕、鎋〔-at〕、〔-uat〕

九屑：包括《廣韻》韻目屑〔-iet〕、〔-iuet〕、薛〔-ǐɛt〕、〔-ǐuɛt〕

十一陌：包括《廣韻》韻目陌〔-ak〕、〔-ǐak〕、〔-uak〕、麥〔-æk〕、〔-uæk〕、昔〔-ǐɛk〕、〔-ǐuɛk〕

十二錫：包括《廣韻》韻目錫〔-iek〕、〔-iuek〕

十三職：包括《廣韻》韻目職〔-ǐək〕、〔-ǐuək〕、德〔-ək〕、〔-uək〕

十四緝：包括《廣韻》韻目緝〔-ǐəp〕

十六葉：包括《廣韻》韻目葉〔-ǐɛp〕、帖〔-iep〕、業〔-ǐɐp〕

十七洽：包括《廣韻》韻目洽〔-ăp〕、狎〔-ap〕、乏〔-ǐwɐp〕

《廣韻》韻目中，質、術、櫛同用，物韻獨用，迄韻獨用，月、沒同用，黠、鎋同用，屑、薛同用，陌、麥、昔同用，錫韻獨用，職、德同用，緝韻獨用，葉、帖同用，洽、狎同用，業、乏同用；《笠翁詩韻》除將物、迄二韻合而為〈五物〉，將業、乏二韻分別拆置〈十六葉〉與〈十七洽〉，其餘大致同《廣韻》規則。其中，〈十一陌〉因版本毀損，故篇首小部分業已闕遺，經與《廣韻》對照，知其漏失明、知二母字，幸得大部分卷帙尚存，仍可由其一窺堂奧。

　質類韻字與註音字間，如不計同部相註，則異部相註的情況約可分為八種，茲表列說明如下。

表 2-52　質類異部相註

①韻字質－註音字昔

韻　字	註音字	擬　音	註音形式
實	石	-i̯ɛk	
叱	尺	-i̯ɛk	

②韻字質－註音字職

韻　字	註音字	擬　音	註音形式
暱	匿	-i̯ək	
唧	即	-i̯ək	
崒	色	-i̯ək	

③韻字質－註音字迄

韻　字	註音字	擬　音	註音形式
詰	乞	-i̯ət	

④韻字質－註音字屑

韻　字	註音字	擬　音	註音形式
咥	迭	-iet	

⑤韻字質－註音字緝

韻　字	註音字	擬　音	註音形式
日	入	-i̯əp	
栗	立	-i̯əp	

⑥韻字質－註音字庚

韻　字	註音字	擬　音	註音形式
弼	平	-i̯uaŋ	叶平入聲

⑦韻字質－註音字術

韻　字	註音字	擬　音	註音形式
獝	橘	-i̯uet	
茁	橘	-i̯uet	

⑧韻字術－註音字質

韻　字	註音字	擬　音	註音形式
橘	獝	-i̯et	

由表觀之，與質類相註之韻目甚繁，且入聲韻尾亦如前文已闡之韻部，呈現混同趨勢，如第一種、第二種與第六種情況咸以舌尖塞音韻尾〔-t〕與舌根塞音

韻尾〔-k〕之合流，第五種情況則是舌尖塞音韻尾〔-t〕與雙唇塞音韻尾〔-p〕之匯融。其次，則是各韻部間主要元音之相近，始得互註。其中，第七種與第八種情況將三等開口質韻與三等合口術韻相互爲註，顯示圓唇與否之界限逐漸消弭當中。

聲母方面，諸韻字皆以同聲母字相註，少數不同聲母者如第一種情況首例，以質韻神母字「實」與昔韻禪母字「石」相註，顯示神母之塞音成份已產生變化，甚或消亡。第四種情況獨例，以質韻徹母字「咥」與屑韻定母字「迭」相註，或由於定母清化後與知系合流；或徹母類隔，讀爲透母，與定母清化後讀音無異。

物類包含《廣韻》物韻及迄韻，如不計同部相註，則異部相註之情況約有兩種，茲表列如下說明。

表 2-53　物類異部相註

①韻字迄－註音字質			
韻　字	註音字	擬　音	註音形式
訖	吉	-i̯et	
乞	詰	-i̯et	
②韻字迄－註音字緝			
韻　字	註音字	擬　音	註音形式
迄	吸	-i̯əp	

由表觀之，物韻無異部相註的情況，異部相註者集中於迄韻，與質韻及緝韻互有關聯。迄韻本身收舌尖塞音韻尾〔-t〕，與質韻間爲主要元音發音部位密近，受前高元音影響而使央元音高化，始得互註；與緝韻間則顯然是與其雙唇塞音韻尾〔-p〕混同，乃得互註。

月類包括《廣韻》月、沒二韻，如不計同部相註，則異部相註的情況可得九種之多，茲以表列說明。

表 2-54　月類異部相註

①韻字月－註音字薛			
韻　字	註音字	擬　音	註音形式
月	悅	-i̯uɛt	

竭	桀	-iɛt	
碣	桀	-iɛt	

②韻字月－註音字屑

韻　字	註音字	擬　音	註音形式
闕	缺	-iuet	
蕨	決	-iet	
蹶	決	-iet	
揭	結	-iet	
謁	咽	-iet	

③韻字月－註音字物

韻　字	註音字	擬　音	註音形式
掘	崛	-iuet	

④韻字月－註音字乏

韻　字	註音字	擬　音	註音形式
發	法	-iuɐp	

⑤韻字沒－註音字德

韻　字	註音字	擬　音	註音形式
骨	國	-uək	

⑥韻字沒－註音字屋

韻　字	註音字	擬　音	註音形式
咄	獨	-ok	

⑦韻字沒－註音字物

韻　字	註音字	擬　音	註音形式
笏	勿	-iuet	
窟	崛	-iuet	

⑧韻字沒－註音字薛

韻　字	註音字	擬　音	註音形式
訥	吶	-iuɐt	

⑨韻字沒－註音字術

韻　字	註音字	擬　音	註音形式
崒	悴	-iuet	

如前文所述，月類韻字與註音字間，首見入聲韻尾的混同，如第四種情況與乏

韻，二者介音與主要元音相同，為舌尖塞音韻尾〔-t〕與雙唇塞音韻尾〔-p〕之合流；第五種及第六種情況，則為舌尖塞音韻尾〔-t〕與舌根塞音韻尾〔-k〕之匯融。其中，第五種情況之沒韻與德韻，介音及主要元音均無二致；第六種情況之沒韻與屋韻，則是由於央元音發音微弱，而〔-u-〕與〔-o-〕發音部位相近，因此聽聞雷同。其次，月類與其他韻部間得以相註，乃著眼於其主要元音之相近，如第一種情況與薛韻，便是主要元音〔-ɐ-〕受前高元音影響而使發音部位往前，始與薛韻同。同樣的情況亦出現在第三種情況與物韻之關係，央元音受前高元音影響而使發音部位往前推移。第二種情況與屑韻，則可由第二例與第三例看出其圓唇界線已逐漸模糊。同為圓唇界限漸失者，第七種、第八種及第九種情況均是。

聲母方面，大致以同聲母字相註，少數非同聲母者如第一種情況首例，以月韻疑母字「月」與薛韻喻母字「悅」相註，顯示疑喻合流。第六種情況獨例，以沒韻端母字「咄」與屋韻定母字「獨」相註，則是定母清化的結果。第七種情況首例，以沒韻曉母字「笏」與物韻微母字「勿」相註，前者為舌根聲母，後者為雙唇聲母，歧異甚大。由二字有相同的諧聲偏旁看來，或為類化的結果。實際上，《廣韻》、《集韻》雖未得見，然於《字彙》中可見「叶許月切音勿」一條，顯然月韻音為「笏」之又音，李漁之直音蓋明其另一音讀是矣。第八種情況獨例，以沒韻泥母字「訥」與薛韻「娘母字「吶」相註，則係泥娘不分。

點類韻字極少，不過十有九字，卻包括點、鎋二韻，其韻字與註音字，如不計同部相註，則異部相註的情況亦多達七種，茲表列說明如下。

表 2-55　點類異部相註〔註36〕

①韻字點－註音字鎋			
韻　字	註音字	擬　音	註音形式
點	鎋	-at	

②韻字點－註音字洽			
韻　字	註音字	擬　音	註音形式
札	箚	-ɐp	

〔註36〕「鳦」在《廣韻》中本置質韻小韻字「乙」條下，然其釋義云「……本烏轄切……」；又據其為《笠翁詩韻・八點》部中之韻字，故逕置其為鎋韻。

察	插	-ɐp	

③韻字點－註音字末

韻　字	註音字	擬　音	註音形式
拔	跋	-uɑt	

④韻字點－註音字狎

韻　字	註音字	擬　音	註音形式
恝	甲	-ap	
頡	甲	-ap	

⑤韻字鎋－註音字點

韻　字	註音字	擬　音	註音形式
轄	點	-ɐt	
刹	殺	-ɐt	
刷	殺	-ɐt	

⑥韻字鎋－註音字質

韻　字	註音字	擬　音	註音形式
鳦	乙	-i̯et	

⑦韻字鎋－註音字末

韻　字	註音字	擬　音	註音形式
刮	括	-uɑt	

首先，仍可見入聲韻尾之混同，出現於第二種及第四種情況，爲舌尖塞音韻尾〔-t〕與雙唇塞音韻尾〔-p〕之合流。而點、鎋二韻得以與他韻相註，另一要點在於主要元音的相同或相近。相同者如第二種情況，洽韻之主要元音與點韻完全相同；第四種情況，狎韻之主要元音亦與鎋韻別無二致。相近者如點、鎋彼此間的互註，即是一例；又第七種情況，鎋韻與末韻當受後高元音影響而趨同。值得注意的是，第三種情況獨例，以點韻開口字與末韻合口字相註，當是由於二者皆爲並母字之因，帶有圓唇性質，因此聽聞之下若有合口成份，始得相註。第六種情況獨例，以鎋韻二等字與質韻三等字相註，蓋二等鎋韻加以喉音影母，當衍生出一微弱且帶半元音成份的〔-i-〕介音，得與三等相註。第五種情況末例，以鎋韻合口字與點韻開口字相註，顯然「刷」之合口成份已然消失。

　　聲母方面，諸韻字多以同聲母字相註，少數非同聲母者如第二種情況首例，以點韻莊母字「札」與洽韻知母字「箚」相註，顯然是莊系與知系的合

流。第五種情況第二例，以鎋韻初母字「刹」與黠韻疏母字「殺」相註，則呈現初母之塞音成份消亡之象。

屑類包括屑、薛二韻，如不計同部相註，則異部相註的情況有以下九種，茲表列說明如下。

表 2-56　屑類異部相註

①韻字屑－註音字薛			
韻　字	註音字	擬　音	註音形式
屑	泄	-iɛ̃t	
蔑	滅	-iɛ̃t	
篾	滅	-iɛ̃t	
閒	鷩	-iɛ̃t	

②韻字屑－註音字葉			
韻　字	註音字	擬　音	註音形式
切	妾	-iɛ̃p	

③韻字屑－註音字業			
韻　字	註音字	擬　音	註音形式
挈	怯	-iɛ̃p	

④韻字屑－註音字櫛			
韻　字	註音字	擬　音	註音形式
節	櫛	-et	

⑤韻字屑－註音字月			
韻　字	註音字	擬　音	註音形式
血	歇	-iɛ̃t	
咽	謁	-iɛ̃t	
缺	闕	-iuɛ̃t	

⑥韻字屑－註音字帖			
韻　字	註音字	擬　音	註音形式
鐵	帖	-iep	

⑦韻字薛－註音字屑			
韻　字	註音字	擬　音	註音形式
威	血	-iuet	

絕	截	-iet	
薛	屑	-iet	
滅	蔑	-iet	
別	暼	-iet	
偈	結	-iet	
孑	結	-iet	
揭	結	-iet	

⑧韻字薛－註音字月

韻　字	註音字	擬　音	註音形式
悅	月	-i̯uɐt̚	

⑨韻字薛－註音字仙

韻　字	註音字	擬　音	註音形式
雪	宣	-i̯uɛn	宣入聲

由表觀之，屑類雖以舌尖塞音收聲，但亦同前文所述，如第二種、第三種及第六種情況，皆是舌尖塞音韻尾〔-t〕與雙唇塞音韻尾〔-p〕之混同。餘者，以主要元音相同或相近而得以相註。相同者如第六種情況，差別僅在韻尾；相近者如第三種及第五種情況，主要元音受前高元音影響而高化，始與屑同。值得注意者，第四種情況以二等櫛韻字註四等屑韻字，產生細音的差別，實則發音時由於舌位的移動，易於帶出介音〔-i-〕。其次，則是第七種情況第二例，以三等合口薛韻字與四等開口屑韻字相註，乃爲圓唇與否的關係。

聲母方面，諸韻字大致以同聲母字相註爲主，少數不同聲母者如第四種情況獨例，以屑韻精母字「節」與櫛韻莊母字「櫛」相註，當爲精莊合流之趨向。第七種情況末三例，以薛韻群母字與屑韻見母字相註，則是群母清化的結果。第八種情況獨例已於前文論及，不贅。

陌類爲一相當大的韻類，包含陌、麥、昔三韻在內，如不計同部相註，則其異部相註的情況多達十種，茲表列如下。

表 2-57　陌類異部相註

①韻字陌－註音字實			
韻　字	註音字	擬　音	註音形式
屐	跂	-i̯ɛ	

②韻字陌－註音字質

韻 字	註音字	擬 音	註音形式
戟	吉	-i̯et	

③韻字陌－註音字職

韻 字	註音字	擬 音	註音形式
索	色	-i̯ək	
愬	色	-i̯ək	

④韻字陌－註音字曷

韻 字	註音字	擬 音	註音形式
窄	歹	-ɑt	

⑤韻字陌－註音字緝

韻 字	註音字	擬 音	註音形式
逆	入	-i̯əp	

⑥韻字陌－註音字德

韻 字	註音字	擬 音	註音形式
客	刻	-ək	
格	劾	-ək	

⑦韻字陌－註音字麥

韻 字	註音字	擬 音	註音形式
柵	冊	-æk	
圻	冊	-æk	
格	革	-æk	
虢	馘	-uæk	

⑧韻字麥－註音字陌

韻 字	註音字	擬 音	註音形式
麥	陌	-ak	
脈	陌	-ak	
霢	陌	-ak	
覛	陌	-ak	
責	窄	-ak	
幗	虢	-uak	

⑨韻字麥－註音字德			
韻　字	註音字	擬　音	註音形式
馘	國	-uək	
獲	或	-uək	
畫	或	-uək	
核	劾	-ək	

⑨韻字昔－註音字錫			
韻　字	註音字	擬　音	註音形式
昔	錫	-iek	
刺	戚	-iek	
磧	績	-iek	
瘠	寂	-iek	
籍	寂	-iek	
耤	寂	-iek	
藉	寂	-iek	
躃	壁	-iek	

⑩韻字昔－註音字職			
韻　字	註音字	擬　音	註音形式
脊	即	-iə̯k	
蹐	即	-iə̯k	
積	即	-iə̯k	
鯽	即	-iə̯k	
迹	即	-iə̯k	
借	即	-iə̯k	
踖	即	-iə̯k	
石	食	-iə̯k	
射	食	-iə̯k	
璧	逼	-iə̯k	
碧	逼	-iə̯k	
辟	逼	-iə̯k	
益	抑	-iə̯k	
役	域	-iuə̯k	

觀之上表，依舊可以發現入聲韻尾混同的細微跡象，出現在第二種、第四種

及第五種情況中。前二者為舌根塞音韻尾〔-k〕與舌尖塞音韻尾〔-t〕之合流，後者則在舌根塞音韻尾〔-k〕及雙唇塞音韻尾〔-p〕之間產生交集。主要元音部分亦以求近為主，如第十種情況以大量職韻字為昔韻字註音，其主要元音受前高元音影響而高化，漸與昔同，第三種情況與陌韻之關係亦然。值得注意者，第一種情況獨例，以陰聲韻字為陌韻字註音，且未加註任何註音形式，表示在李漁語感中，「跂」當讀如「屐」。然遍索《廣韻》與《集韻》，無見作入聲者；直至《詩韻輯略》，於〈十一陌〉始見「屐……或作跂……」之註義，顯然在明代二字已成為同義異體字。

聲母方面，雖多數以同聲母字相註，然亦有非同聲母者，如第四種情況獨例，以陌韻莊母字「窄」與曷韻從母字「歺」相註，顯然是從母清化後與莊母合流的結果。第五種情況獨例，以三等陌韻疑母字「逆」與緝韻日母字「入」相註，則為疑日的合流。疑母擬為〔ŋ-〕，發音部位與其後之細音成分相距較遠，因此容易消失或產生變化。王力先生指出：「在吳方言裡，ŋ在i，y前面的時候，一般轉化為與i，y同發音部位的ȵ。」〔註37〕而今日如皋方言中，「入」屬日母未成零聲母化的一部分字，顧黔先生擬之為〔zəʔ〕，發音部位與「逆」相近，當為二字互為註音之由。第十種情況末例，以昔韻喻母字「役」與職韻為母字「域」相註一例，當係零聲母化之結果。第六種情況末例，以陌韻見母字「格」與德韻匣母字「劾」相註，二者同為舌根聲母，易因發音部位的相近而使音讀趨同。第七種情況第二例，以陌韻徹母字「坼」與麥韻初母字「冊」相註，係為知莊合流。第九種情況第三例，以昔韻清母字「磧」與錫韻精母字「績」相註，顯示此處聲母在送氣產生問題，或為有相同的諧聲偏旁所造成的類化現象。第十種情況第八例，以昔韻禪母字「石」與職韻神母字「食」相註，顯見神母之塞音成份已然消失。

錫類很單純地僅錄錫韻字，就其韻字與註音字而言，不計同部相註，而異部相註的情況約有六種，茲表列如下說明。

〔註37〕王力：《漢語史稿》（重排本）（北京：中華書局，2004）頁154。

表 2-58 錫類異部相註

①韻字錫－註音字燭			
韻　字	註音字	擬　音	註音形式
臭	旭	-i̯uk	

②韻字錫－註音字昔			
韻　字	註音字	擬　音	註音形式
蜥	昔	-i̯ɛk	
鷁	亦	-i̯ɛk	
績	迹	-i̯ɛk	
勣	迹	-i̯ɛk	
壁	碧	-i̯ɛk	

③韻字錫－註音字陌			
韻　字	註音字	擬　音	註音形式
激	戟	-i̯ak	
擊	戟	-i̯ak	
霓	逆	-i̯ak	
喫	隙	-i̯ak	

④韻字錫－註音字緝			
韻　字	註音字	擬　音	註音形式
檄	吸	-i̯əp	
闃	吸	-i̯əp	
瀝	立	-i̯əp	

⑤韻字錫－註音字職			
韻　字	註音字	擬　音	註音形式
溺	匿	-i̯ək	
惄	匿	-i̯ək	

⑥韻字錫－註音字質			
韻　字	註音字	擬　音	註音形式
寂	疾	-i̯et	
覓	密	-i̯et	
汩	密	-i̯et	
戚	七	-i̯et	

首先，可由表中察覺入聲韻尾的混同，如第四種情況爲舌根塞音韻尾〔-k〕與雙脣塞音韻尾〔-p〕的合流，第六種情況則爲舌根塞音韻尾〔-k〕與舌尖塞音韻尾〔-t〕的匯融。主要元音部分亦趨同或相近，前者如第六種情況，後者如第二種及第三種情況。較特出者，如第一種情況獨例，錫韻字與燭韻字雖皆爲合口細音字，然錫韻之主要元音爲〔-e-〕，燭韻無，二字又以舌根聲母發音，在舌位轉折上，顯然爲求發音方便而省略該元音。

聲母方面，第一種情況獨例，以錫韻見母字「臭」與燭韻曉母字「旭」相註，二母皆爲舌根聲母，當係發音部位相近之關係。同爲此因，尚有第四種情況首例，以錫韻匣母字「檄」與緝韻曉母字「吸」相註一例。第二種情況第二例，以錫韻疑母字「鷁」與昔韻喻母字「亦」相註，則是零聲母化的結果。第五種情況二例咸爲錫韻泥母字與職韻娘母字相註，呈顯泥娘不分之態勢。

職類包含職韻與德韻，由其韻字與註音字互註情況看來，異部相註主要有八種情況，茲表列說明如下。

表2-59　職類異部相註

①韻字職－註音字錫			
韻　字	註音字	擬　音	註音形式
匿	溺	-iek	
力	曆	-iek	
逼	壁	-iek	

②韻字職－註音字昔			
韻　字	註音字	擬　音	註音形式
勅	赤	-iɛk	
鶒	尺	-iɛk	
飭	尺	-iɛk	
食	石	-iɛk	
寔	石	-iɛk	
息	昔	-iɛk	
億	益	-iɛk	
臆	益	-iɛk	
憶	益	-iɛk	
醷	益	-iɛk	

抑	益	-i̯ɛk	
弋	亦	-i̯ɛk	
愎	闢	-i̯ɛk	

③韻字職－註音字陌

韻　字	註音字	擬　音	註音形式
盡	隙	-i̯ak	
嶷	逆	-i̯ak	
萴	擇	-ak	

④韻字職－註音字緝

韻　字	註音字	擬　音	註音形式
極	及	-i̯əp	

⑤韻字德－註音字職

韻　字	註音字	擬　音	註音形式
塞	色	-i̯ək	

⑥韻字德－註音字麥

韻　字	註音字	擬　音	註音形式
黑	覈	-æk	
劾	核	-æk	
則	責	-æk	

⑦韻字德－註音字物

韻　字	註音字	擬　音	註音形式
北	不	-i̯uət	

⑧韻字德－註音字沒

韻　字	註音字	擬　音	註音形式
國	骨	-uət	

觀之上表，雖數例微少，然仍可於第四種、第七種及第八種情況發現入聲韻尾混同的跡象。第四種情況爲舌根塞音韻尾〔-k〕與雙唇塞音韻尾〔-p〕之合流；後二者爲舌根塞音韻尾〔-k〕與舌尖塞音韻尾〔-t〕之匯融。主要元音亦同前述，以相同或相近者爲主，同者如職、德二韻彼此即是，近者如錫、昔等舌面前元音。實際上，職類主要元音〔-ə-〕爲一微弱央元音，當受前高元音影響而使發音部位往前堆移並高化，因此得與該些韻字相註。較特出者，如第三種情況末例，以三等職韻字與二等陌韻字相註，產生細音之別，同樣

的情況亦出現於第五種情況獨例，以一等德韻字與三等職韻字相註一例，而此二者之職韻字，恰為莊系字，顯然莊系細音產生變化，當是由於併入精系後，受聲母影響而造成的轉變，可見莊系或有某種程度上的捲舌傾向。第七種情況獨例，以德韻字與物韻字相註，二者有唇形圓展之別，然受其唇音聲母影響，有圓唇性質，故可相註。

聲母方面，諸韻字多以同聲母字相註為主，少數非同聲母者，如第一種情況首例，以職韻娘母字「匿」與錫韻泥母字「溺」相註，是為泥娘不分的結果。第二種情況前三例，咸以職韻徹母字與昔韻穿母字相註，為知系與照系三等之合流。同種情況第四例，以職韻神母字「食」與昔韻禪母字「石」相註，則可視為神母之塞音成分消失之象。第三種情況首例，以職韻曉母字「盡」與陌韻溪母字「隙」相註，當由於二者皆為舌根聲母，發音部位相同而使音讀相似，始可相註。同樣的情況尚有第六種情況首例，以德韻曉母字「黑」與麥韻匣母字「覈」相註一例。第三種情況末例，以職韻牀母字「萴」與陌韻澄母字「擇」相註，為知系與照系二等之合流。第五種情況獨例，以德韻心母字「塞」與職韻疏母字「色」相註，則是精系與照系二等之合流。同屬精莊合流，尚有第六種情況末例，以德韻精系字「則」與麥韻莊系字「責」相註一例。第七種情況獨例，以德韻幫母字「北」與物韻非母字「不」相註，顯示類隔傾向。

緝類僅包括緝韻，是相當純一的韻類。如不計同部相註，其異部相註者有以下五種情況，茲表列呈現說明。

表 2-60　緝類異部相註

①韻字緝－註音字錫			
韻　字	註音字	擬　音	註音形式
緝	戚	-iek	

②韻字緝－註音字昔			
韻　字	註音字	擬　音	註音形式
濕	石	-iɛk	
習	席	-iɛk	
揖	亦	-iɛk	
挹	亦	-iɛk	

③韻字緝－註音字職

韻　字	註音字	擬　音	註音形式
及	極	-i̯ək	
澀	色	-i̯ək	

④韻字緝－註音字質

韻　字	註音字	擬　音	註音形式
葺	七	-i̯et	
入	日	-i̯et	

⑤韻字緝－註音字迄

韻　字	註音字	擬　音	註音形式
泣	乞	tɕi̯et	

緝韻韻字不多，僅三十八字，表中所顯示的結果，全爲非雙唇塞音韻尾相註者，占全韻十例，比例相當高，呈現出雙唇塞音韻尾漸爲弱勢，並混入舌根塞音韻尾及舌尖塞音韻尾的情狀。主要元音亦求同或求近，同者如第三種及第五種情況，近者如其餘情況。實際上，緝韻主要元音〔-ə-〕爲一央元音，受前高元音影響而使發音部位往前推移並高化，始與錫、昔、質等韻韻字聽聞雷同。

聲母方面，僅一例爲非同聲母相註者，乃第二種情況首例，以緝韻審母字「濕」與昔韻禪母字「石」相註，二者同屬舌面前擦音，惟清濁有異，想必此處係全濁擦聲音清化爲相對應的清擦聲音。

葉類包括葉、帖、業三韻，如不計同部相註，則韻字與註音字間異部相註者可分爲八種情況，茲表列如下所示。

表2-61　葉類異部相註

①韻字葉－註音字薛

韻　字	註音字	擬　音	註音形式
躡	列	-i̯ɛt	
鬣	列	-i̯ɛt	
獵	列	-i̯ɛt	
輒	轍	-i̯ɛt	
慴	折	-i̯ɛt	

②韻字葉－註音字屑

韻　字	註音字	擬　音	註音形式
妾	切	-iet	

③韻字帖－註音字業

韻　字	註音字	擬　音	註音形式
鋏	劫	-i̯əp	
頬	劫	-i̯əp	

④韻字帖－註音字屑

韻　字	註音字	擬　音	註音形式
變	屑	-iet	
屭	屑	-iet	
揲	迭	-iet	
牒	迭	-iet	
蝶	迭	-iet	
諜	迭	-iet	
蹀	迭	-iet	
渫	迭	-iet	
喋	迭	-iet	
堞	迭	-iet	

⑤韻字帖－註音字葉

韻　字	註音字	擬　音	註音形式
浹	接	-i̯εp	

⑥韻字業－註音字帖

韻　字	註音字	擬　音	註音形式
脅	協	-iep	
憰	協	-iep	
劫	莢	-iep	
怯	篋	-iep	

⑦韻字業－註音字葉

韻　字	註音字	擬　音	註音形式
業	聶	-i̯εp	

⑧韻字業－註音字緝

韻　字	註音字	擬　音	註音形式
浥	邑	-i̯əp	
裛	邑	-i̯əp	

由表觀之，首先可見者爲入聲韻尾的混同，葉類總五十八字中即有十六字爲韻尾混同者，且十六字咸爲雙唇塞音〔-p〕與舌尖塞音〔-t〕之合流。加以上文處理緝韻韻尾混同的經驗，可知雙唇塞音確漸消失，所併入的對象以舌尖塞音爲多。又前文論及咸攝平上去聲時，亦發現其與山攝有相當密切的關係，顯然不只在入聲部分產生這項變化，實則於平上去時，即有傾向。不可免的，在主要元音部分亦求同或求近，同者如第一種情況之葉、薛二韻，近者如本類包括的葉、帖、業三韻即是。其中業韻主要元音爲央元音〔-ɐ-〕，當受前高元音影響而高化，始與葉、帖近同。

　　聲母方面，諸韻字以同聲母字相註爲主，少數非同聲母者如第一種情況第四例，以葉韻知母字「輒」與薛韻澄母字「轍」相註，顯然是澄母清化的結果。同爲濁音清化，尚有同種情況末例，以葉韻照母字「慴」與薛韻禪母字「折」相註；及第六種情況前二例，以業韻曉母字與帖韻匣母字相註等三例。第五種情況獨例，以帖韻清母字「浹」與葉韻精母字「接」相註，此處聲母送氣情況亦有變化，筆者以爲或李漁本身在處理送氣與不送氣聲母時，審音並不完全使然。第七種情況獨例，以業韻疑母字「業」與葉韻娘母字「聶」相註，顯然此處的疑母並未轉化爲零聲母。由於舌根鼻音聲母之發音部位與前高元音距離較遠，因此容易消失或發生變化。消失者如零聲母化，變化者如本例，通常轉化爲與舌面前高元音發音部位相同的硬顎鼻音聲母〔ɲ-〕，如上海方言讀「牛」爲〔ɲiɣ〕，讀「愚」爲〔ɲy〕，與娘母差距始變細微。

　　洽韻韻字甚少，僅二十二字，卻包含洽、狎、乏三韻，異部相註的情況則有四種，茲表列呈現如下。

表 2-62　洽類異部相註

①韻字洽－註音字狎

韻　字	註音字	擬　音	註音形式
洽	狎	-ap	
夾	甲	-ap	

②韻字洽－註音字點

韻　字	註音字	擬　音	註音形式
箚	札	-ɐt	

③韻字狎－註音字洽

韻　字	註音字	擬　音	註音形式
狎	洽	-ɐp	
甲	夾	-ɑp	

④韻字乏－註音字月

韻　字	註音字	擬　音	註音形式
乏	伐	-i̯uɐt	
法	發	-i̯uɐt	

同緝類、合類及葉類，洽類亦見入聲韻尾混同之跡，如第二種及第四種情況皆然。兩種情況的三個韻例中，咸為雙唇塞音韻尾〔-p〕與舌尖塞音韻尾〔-t〕之合流。主要元音以同近為主，同者如第二種及第四種情況，近者如洽、狎二韻之間。

　　聲母方面，諸韻字以同聲母字相註為主，非同聲母者僅得一例，為第二種情況獨例，以洽韻知母字「箚」與點韻莊母字「札」相註，是為知系與照系二等之合流。

　　綜上所述，可對《笠翁詩韻》對入聲的處理得到一概括的認識。總體而言，入聲韻尾的變化為其重點所在，各韻間得以拼合，當因其韻尾弱化為喉塞音〔-ʔ〕始致。然而，前文述及陽聲韻與陰聲韻時，亦在韻字、註音字及詩作中發現入聲韻尾與其相叶者，此時則可視為入聲韻尾消亡之象。筆者以為，弱化雖在消亡之前，然在變化尚未完成之際，這兩種情況當是同時進行。

　　據韻字及註音字間的關係，在異部相註的情況下，入聲韻尾間的匯融可整理為以下情況：

表 2-63　入聲韻尾統計

註音字 ＼ 韻字	雙唇塞音〔-p〕	舌尖塞音〔-t〕	舌根塞音〔-k〕
雙唇塞音〔-p〕		16	5
舌尖塞音〔-t〕	23		8
舌根塞音〔-k〕	7	9	

由表觀之，雙唇塞音雖與舌尖塞音及舌根塞音皆有聯繫，然與前者關係較爲密切，換言之，雙唇塞音在當時時音，已讀如舌尖塞音爲多，此與語音演變趨勢一致。至於舌根塞音，與舌尖塞音及雙唇塞音間，相註密度未如前述二者來得強烈，顯見舌根塞音在李漁時音中，當仍爲一獨立可判之音素。

　　李漁詩作中對於入聲的實際操作，著眼於古詩爲多，近體本不以入聲爲正格，故只有少數十一首以入聲爲韻。在整理過程中，由於種類龐多，爲求簡潔明瞭，故本文不擬將合韻現象如前所述一一列出，僅就特出者加以討論說明。整體而言，入聲韻部間的混押情況經整理得五十種，其中由屋、沃得與質、職、物、緝等韻通押，月、屑得與陌、錫、職、緝等韻通押，葉、洽得與月、曷、黠等韻通押種種情況看來，不只在韻字與註音字間入聲韻尾界線趨向模糊化，實際詩文操作亦然，乃勢所必至。在五十種情況中，較爲人所注意者如古詩編號 27〈懷朱建三〉一詩，以屋韻「叔」字與魚、虞二韻相叶，前文已明，顯然是由於其舌根塞音韻尾消亡，因此得與陰聲韻押韻。此外，像緝韻自身獨立之韻目，亦因雙唇塞音韻尾弱化，而可與他韻相叶，如與屋、沃、質、物、月、錫、陌、職等韻皆爲其相叶對象，其韻尾間的混同及合流不待言說。

第三節　附論《笠翁對韻》

　　《笠翁對韻》是李漁依循平水韻脈絡而成的另一部韻書。早在二百年前，蘭茂即著《聲律發蒙》，與《笠翁對韻》同樣以教育童蒙爲主，以對句形式表現。然《笠翁對韻》之音韻價值不高，爲顧及詩韻完整性及全面性，故置於《笠翁詩韻》後，以「附論」探之。

一、編　排

　　總分上、下二卷，上卷爲一東韻至十五刪韻，下卷爲一先韻至十五咸韻。開篇有序，然爲道光時「米東居士」得《笠翁對韻》後爲其書寫者，並非李漁本人所述。序分二段，首段云古來諸書，「皆分類而不分韻」，乃因「自非積學之士，未易驅遣如意」，間接表達對李漁的崇敬之情。末段略述李書內容，認爲採擇奇法，搜羅簡賅，選言宏富，錯采鮮明，對李書可謂推崇備至。

　　書中每韻部以對句詩的方式，嵌入韻字，最少二則，至多四則，詩作立

成。少數用字有疑者，其下以括號註明另字，如「塞雁對江鴻（一作「龍」）」。無論詩作多寡，每部之後咸具「注」，如「東韻注」，目的在於爲前詩使用的詞語、典故作較詳細的說明。

二、體 制

名曰「對韻」，乃就其體制而言。整部韻書三十韻，從一字對、二字對、三字對，至五字對、七字對、十一字對，句句工整，精於對仗。固定形式下，每首詩作以七十八字作結。以最少詩作的韻部之一——〈三江〉——爲例，如下所示：

> 奇對偶，隻對雙。大海對長江。金盤對玉盞，寶燭對銀釭。朱漆檻，碧紗窗。舞調對歌腔。漢興推馬武，誅夏著龍逄。四收列國群王伏，三築高城眾敵降。跨鳳登台，瀟灑仙姬秦弄玉；斬蛇當道，英雄天子漢劉邦。（其一）

> 顏對貌，像對龐。步輦對徒杠。停針對擱竺，意懶對心降。燈閃閃，月幢幢。攬轡對飛艭。柳堤馳駿馬，花院吠村尨。酒量微灑瓊杏頰，香塵沒印玉蓮躞。詩寫丹楓，韓文幽懷流節水；淚彈斑竹，舜妃遺憾積湄江。（其二）

以詩作最多的韻部之一——〈七陽〉——爲例，如下所示：

> 台對閣，沼對塘。朝雨對夕陽。游人對隱士，謝女對秋娘。三寸舌，九回腸。玉液對瓊漿。秦皇照膽鏡，徐兆返魂香。青萍夜嘯芙蓉匣，黃卷時攤薜荔床。元亨利貞，天地一機成化育；仁義禮智，聖賢千古立綱常。（其一）

> 紅對白，綠對黃。畫永對更長。龍飛對鳳舞，錦纜對牙檣。雲弁使，雪衣娘。故國對他鄉。雄文能徙鱷，絕曲爲求凰。九日高峰驚落帽，暮春曲水喜流觴。僧占名山，雲繞茂林藏古殿；客棲勝地，風飄落葉響空廊。（其二）

> 衰對壯，弱對強。艷飾對新妝。御龍對司馬，破竹對穿楊。讀班馬，識求羊。水色對山光。仙棋藏綠橘，客枕夢黃粱。池草入詩因有夢，海棠帶恨爲無香。風起畫堂，簾箔影翻青荇沼；月斜金井，轆轤聲度

碧桐牆。（其三）

臣對子，帝對王。日月對風霜。烏台對紫府，雪牖對雲房。香山社，畫錦堂。蔀屋對岩廊。芬椒涂內壁，文杏飾高梁。貧女幸分東壁影，幽火高臥北窗涼。繡閣探春，麗日半籠青鏡色；水亭醉夏，熏風常透碧筒香。（其四）

由此可見，對仗仍為該書最重要的元素，小及字數，大及詞性、典源，工力悉敵，虛實兼到。與對仗相較，聲韻層面明顯疲弱不少。

三、內　容

古來，由於對韻本身兼具排比、對偶、押韻等功能，便於朗誦、識字，因此一般皆作為童蒙書籍。作者將亟欲教導孩童之文化知識、道德倫理交錯書中，使孩童在潛移默化下，逐漸陶冶性情，啟迪智慧，進而改善人文氣質，達到修身齊家的境界。《笠翁對韻》雖未有序言明其功能，然就其內容所闡，亦當不脫上述目的。縱觀該書，網羅天文地理、帝后職官、閨閣宮室、服飾器具、草木花卉、飛禽走獸等類別。辭藻之豐，利於寫作；韻字之盛，便於押韻。

前文已明，《笠翁對韻》與《笠翁詩韻》咸據平水韻分部而來，然收字方面，前者較後者簡單而平易，顯見實為童蒙用書，且既以詩韻為宗，即不如《廣韻》、《集韻》一般分部細緻。在收字及分部均顯粗淺的情況下，聲韻價值立減，少數能提供討論的層面亦皆被《笠翁詩韻》搶奪了去，使其在聲韻學上黯然失色。

四、韻字整理

經由上文對《笠翁對韻》稍作巡禮，以下摘其韻字，明其梗概。韻字下以括號另書一字者，表書中對該字有疑慮所做的補充。

表 2-64　《笠翁對韻》韻字整理

一東	風空穹濛中紅東翁／紅公宮曨篷弓風蹤／嵩公鴻（龍）宮紅熊烘風
二冬	冬春松翁龍瓏鐘風（烽）／濃鐘封蓉鋒饕龍峰／重慵宗茸蜂松凶窮
三江	雙江釭窗腔逄降邦／龐杠降幢艭尨躞江

四支	枝絲鶿詞卮詩脂時／詩脂師貲姿絲枝兒／卮絲芝詩肢兒茨脂／思梔爲椎支師遲詞
五微	非微扉飛肥歸危圍／幃巍薇飛旗璣威歸／稀衣闈磯歸輝妃龜
六魚	榆裾藻如廬虛書舒／余除鋤愚閭車驢書／疏苴紓輿沮妤虛漁
七虞	無壺都鴣湖疏吳沽／蔬枯珠湖壺梳孤無／奴鳧壺珠壚孤吳鋤／吳湖蒲符呼圖枯都
八齊	雞西倪圭梨荑棲妻／棲啼璃犁犀蹊奚迷／齊蹊閨梯霓畦鸝啼
九佳	街荄釵淮差排懷柴／鞋涯階（街）埋齋噡諧槐／乖齋牌釵諧篩埋懷／楷崖階懷豺齋柴街
十灰	哀才開萊台釵台來／來哉腮開雷台梅哀／該猜哀台杯苔來栽
十一眞	麟貧茵民珍人賓塵／民臣寅人仁巾倫秦／閨陳筠蓁唇神礬人
十二文	欣墳耘芹雲裙紋薰／勤分芸文聞軍勛蕡／勛殨裙殷雲軍分君
十三元	昆門屯墩尊坤豚村／孫暾村魂恩根昏門
十四寒	安官盤寒彈單珊杆／寬鸞竿冠欄丹安盤／看灘蟠漫酸端寒斕
十五刪	灣閑艱珊關彎頑間／慳蠻鬟山顏還斑關
一先	年千煙娟箋蟬憐天／堅錢仙連田眠天鈿／傳然蓮千弦仙綿邊／先前川鞭筵權泉鵑
二蕭	瓢妖綃朝腰簫燒潮／朝霄韶腰苗蕭鑣蕉／樵瑤橈蕉遙簫橋消
三肴	爻捎（調）肴巢麨梢筲交／嘲交膠拋胞袍敲茅／庖鐃蛟袍梢茅郊嘐
四豪	蒿皋濤毛褒韜萄滔／桃旄膏刀勞高號豪／曹袍舠刀醪高羔騷
五歌	多柯蓑酡歌羅何梭／苛娑莎戈波鵝歌河／荷蘿歌鵝坡窩磨波／囮（窩）科和鵝娥梭多蓑
六麻	嘉誇牙槎華砂笳家／霞衙茶花葭笳家涯／斜嗟茶蛇家沙紗涯／華鴉麻叉嘩瓜沙茶
七陽	塘陽娘腸漿香床常／黃長檣娘鄉凰鷊廊／強妝楊羊光粱香牆／王霜廊堂房梁涼香
八庚	聲京筝卿鶯莖笙兵／情行瀛評成城清英／明晴兄生鳴平耕名
九青	丁廷屏汀鴒星鈴青／寧庭萍亭型經馨婷
十蒸	菱罾綾升徵僧繩燈／稱曾登綾朋蠅興丞
十一尤	憂繆鷗愁頭秋鉤疇／裘幽籌流丘謳秋悠／鳩樓秋牛侯游洲舟
十二侵	吟今岑陰林金砧針／臨霖深擒音駸心陰
十三覃	龕南談楠三簪藍酣／諳柑男三嵐眈聃貪
十四鹽	炎嚴髯廉謙潛帘拈／添恬尖纖占鹽淹髯／嫌瞻嚴檐簽奩帘淹
十五咸	芟監銜毚緘喃岩帆／杉咸函岩凡讒瑊衫／衫帆鑱銜鑱咸函緘

由表觀之，《笠翁對韻》所搜羅之韻字一不脫平水韻範疇，二不離《笠翁詩韻》系統，聲韻方面已於《笠翁詩韻》中論及，此處不贅。

　　經由對《笠翁詩韻》及《笠翁對韻》二書之探討，對於李漁音韻系統可作一簡單的結論。聲母方面：一，全濁聲母正在清化；二，知系多與照系三等合流；三，神母之塞音成分逐漸消失；四，零聲母化。韻母方面：一，雙唇鼻音韻尾幾乎全入舌尖鼻音韻尾；二，主要元音相近者多已合流；三，入聲韻尾一則弱化爲喉塞音而混同，一則消亡而與陰聲韻無異。聲調方面，一，全濁聲母加以上聲，則使韻字變爲去聲；二，入聲消亡，派入三聲。